光阴的秘密

周语墨 ◎ 著

陕西新华出版

太白文艺出版社·西安

图书在版编目（CIP）数据

光阴的秘密/周语墨著. -- 西安：太白文艺出版
社, 2024.9.-- ISBN 978-7-5513-2795-4

Ⅰ. I267

中国国家版本馆CIP数据核字第20242QP723号

光阴的秘密

GUANGYIN DE MIMI

作　　者　周语墨
责任编辑　黄　洁　李　洋
版式设计　圣立文化
出版发行　太白文艺出版社
经　　销　新华书店
印　　刷　四川金邦印务有限公司
开　　本　880mm×1230mm　1/32
字　　数　148 千字
印　　张　6.875
版　　次　2024 年 9 月第 1 版
印　　次　2024 年 9 月第 1 次印刷
书　　号　ISBN 978-7-5513-2795-4
定　　价　56.00 元

年至甲辰，岁于癸卯。值此新旧相替之时，余承老友之邀，为其子散文集《光阴的秘密》作序，故因嘱成文。

问其由，老友言，其子自幼于文甚爱，兼有渊源，得出书之机，故有成集之意。问其意，为爱好耳？友曰："然！"余喜之。今时之世，世人重利而轻好，似轻舟行汪洋而忘其出处，以斤伐檀而忘其用矣。古之贤者，读书不以己之名利、荣辱，其意惟继往圣绝学，开万世太平耳。寻其源，爱也。成之于心，接物成好。由此乃知爱好者，仁之显也。仁者，人之本也。

余读其文，虽因年纪尚轻，而略欠阅历，然清新之气、斑斓之文，亦使余耳目为之悦，心性为之养。语墨之文以真胜饰，孩童之心，至纯至真，载于字，成于文。使余仿若逆溯时海，见初时之本心。此少年之文当有之境，惟今时鲜矣。此心乃文脉之基，于释家称之曰佛性，于儒家称之曰本心。若语墨能常葆此心，经时事而不变，则知行合一之功夫亦成。

何以成此？余以为必于诚意、正心上下功夫。意之至诚，则可以感天地，动鬼神，越古今。意诚者其心亦正，此心当正于纯真之孩童心。昔时沈从文、启功诸先生因有此心，乃有其文其名。故余望语墨重之，不可"道毁于小成"。

"大学之道，在明明德，在亲民，在止于至善"，于文亦如此，若语墨可常葆此心，诚意、正心时时而进，则其明明德之心、之行日成。此其根也，不可不重之。文之用乃化民也，固"道不远人"，文岂可远人哉？道不可须臾离也，文亦不可离人而作。伤春悲秋，必有事端，断不可无病而吟之。此亦毛公所倡"到人民群众中去"。文之至善非有定限，导人、化民、启智、增信……凡天地之有用者，皆可，切勿自限。马一浮先生云："惟学无际，际于天地。"于此亦是也。

文存于天道，借人手而述之。语墨此集亦然，望读者多体之，以其文而悟己心，以其文而成己性。

刘长唯
癸卯年腊月作于新桥村

刘长唯　成都市金牛区青年才俊，现就职于成都树德·四十中。自幼学习中国传统文化，师承罗国威、严廷德等先生，学养丰厚，笔力精深，已有多篇文章发表。曾为四十中编纂"高中国学读本""初中国学读本"等丛书，曾获得金牛区教坛新秀、中青年骨干教师争先进位先进个人、金牛区师德先进个人等荣誉称号，多次承担区教育科学研究院的研究课和专题讲座，并广受好评。

目 录

CONTENTS

1

千秋笔迹沐于和

层叠的树叶下日光昏暗，华夏的先民曳着影子独行。他踩过枯落的花瓣，循着不远处野兽的低吼，时而疾步，时而驻足。忽地，他记起应当为后至的同伴留下些许印记，于是在身畔顺手折下一截柏枝，转动手腕在沙地上画着难以辨明的符号。于是我——一支中国的笔，在他笨重粗糙的指节间，降生于世上，第一次写下了天与人的和声。

我是一支笔，写过中华文明的起源之路。

我的前世，是山林间平凡的树枝，在渔猎篝火的用途之外，我有了不同于其他伙伴的归宿。从山穴的岩壁到海滩的泥淖，我走遍一寸寸土地，用轻灵曼妙的舞步倾诉古老部族沉厚深婉的感情。

我记得满面胡茬的仓颉，那天发现雪泥上飞鸿的爪印，他欣喜得不能自已。他在口中嘟囔着难懂的语调，一面在掌心上横竖不一地比画着什么，一面向人群中央走去。源于大自然中各式独特图案，从此仓颉的图画以"汉字"的名字，在我的足下书写出天人合一的美丽。我看见围着兽皮的壮汉在篝火旁虔诚地感激上苍的馈赠；看见女人们采集果实时小心翼翼的脚步；看见孩子们艳羡地仰头望向翱翔的飞鸟，也自在地享受着低缓的虫鸣。

终于，人们走出潮热的丛林，在广袤和暖的平原上，学会了播种稻麦，学会了建屋树篱，从蛮荒的狂野古陆走向文明的崭新天地。

我是一支笔，记录中华文明的发展之途。

忙碌了一整天的农夫，在卧榻酣睡之前，排开一沓发黄的纸，断断续续地记下一天的耕耘。东边的麦田已经收割完，晒干打好就能装入粮仓；而这时节是稻禾拔高的日子，不能不注意稻田水渠的情况。芒种过后，天气慢慢变热起来，这清晨和傍晚的凉爽光阴可不能白白浪费了。

无数个日夜里我聆听着农人的倾诉，细数他为田间围栅悸动的心跳声。有了节气，他知道何时种豆锄禾，何时硕果丰收；有了农谚，他知道阴晴雨雪的变化，适时增减衣被；有了世代积累的经验，他能穿行田埂间，明辨良莠，挑拣肥瘠。小桥流水、枝丫掩映，日出而作，日落而息。依循上天四时变化的节律，踩着前人总结指示的步履，农耕文明的古树深深扎根，年年季季的暖风吹开了稻花香，也吹满了农家仓。家家户户和美的笑颜里，天道与人情相互依偎。

在黎民百姓的手里，我记录着物质生产的足音；在仁人贤哲的书案上，我倾泻下文明精神的赞歌。

先秦的纸卷纷飞，"天人合一"的思考翩跹。我认识了那晓梦化蝶的庄周，石上侧卧，睡眼迷蒙，只觉在花间流连难醒，原来做人能如此逍遥。于是感悟天地至理的他，能骋怀于大鹏万里的征途，寄心于濠梁之下游弋的鲦鱼，看见老龟自在曳尾于涂，便甘愿与之同行，忘我于山中。我看他挥手写就《养生主》，在小舟上放声长啸，消失在山林深处。诸子都执着于对天道的探求，在各自对红尘的彻悟里，于岁月的尽头永生。

硝烟血泪里，人的生命究竟如同何物？箭矢奔突中，天的正义到底在何方？我饱蘸墨水，敬凭王羲之书成《兰亭集序》。贴上"荒唐"标签的魏晋，充盈着对"天人"的深沉思索。人生须臾，何不放浪形骸，尽一时娱游之兴？生命脆弱，何不品酌达旦，弃一世郁郁之悲？陶潜在南山踱步，凝视他心心念念的秋菊，那菊正在夕阳中微颤；谢安面对漫天雪花，笑向子侄觅诗，听咏絮惊才珠玑成文；刘桢愿堂弟如风中劲松，咬定青山，本性不移！生于烽火，他们被时代所虐，却不曾沉沦在寒光铁骑的威吓中，而将灵魂放任于自然，让心志积淀为柔韧的文字。我明白，这些名字从我脚下溜走，留在青史间，他们厚重的生命凝结成民族文化里鲜明的符号，呼应着碧海青天深沉的召唤。

我不敢放慢脚步，日夜兼程写到了唐宋和大明。花团锦簇，歌舞升平，万国来朝，人文生活在经济发展的敦促下更加繁荣，但开疆拓土，哪有自然的本性？利欲熏心，哪有天地纯美的初心？由此人们对自然天地的挚爱酝酿成振聋发聩的呼吁：我与摩诘相识，在幽深的竹篁月照里写下画卷般的诗句；我与东坡相知，在山头斜照的温暖中挥洒丈量寰宇的豪迈；我与阳明相守，在贵州僻远的龙场，于一卷宣纸上镌刻世界的真谛，将天理人欲的哲思熔炼，浇铸成心学的丰碑。所幸，在日趋斑斓的城市灯火里，人们依然挂念乡土的山水绿地、依然思索着"天人合一"的真理，将中国古老的思绪编织成锦缎，传递给初心不改的后人。

我是一支笔，续写中华文明的时代之章。

二十一世纪的钟声敲响，我奔波在新时代的扉页上。提笔的人行文一顿，写下了"天人合一，万物并育"的字句，这正是习近平总书记的展望，他的语调正与我所熟悉的先贤们并无二致。

像庄周一样睿智，他说："坚持可持续发展道路！"

于是工厂遏住了弥散的黑烟，截断了翻涌的污流；森林里雀舞莺飞，江河中鱼龙潜跃；曾一度灰黄的神州大地，勃发出青绿的旺盛生机。而我更是惊讶于我所记下的财富增长的数字，原来在保证生态发展的前提下，也能在共同富裕的康庄大道上前行！

像谢安一样稳重，他说："绿水青山就是金山银山！"

于是塞罕坝在数年间奇迹般重生，由荒芜的大漠摇身变为苍翠的绿洲；东北虎、丹顶鹤等保护基地坐落于林沼间，沉淀着自然生灵们彩虹般的梦；生态资源恢复、生物多样性回升，我记录下禽鸟们感激的音韵，也记录着国人胜利的欢歌。

像王阳明一样坚定，他说："人民对美好生活的向往，就是我们的奋斗目标。"

人民的生活环境改善，人民的生态意识增强，人民呵护自然的素养在提升。有了垃圾分类的自觉，于是有和睦清洁的社区；有了城市绿地的养护，于是有青葱轻盈的心情；有了共建共享的基础，于是有和谐共生的期盼。新时代我们践行着天人合一的理念，重塑古老的哲学智慧，引领了人与自然永恒和谐的追求。

　　我是一支笔，写下延续整个文明历程的思绪，写下跨越千年的不朽。中华文明一直在自然中发掘，在自然中生长，在自然中焕发新生。我缓缓写下：自然之道不是人生命的拘囿，托身于自然，与万物相融，就是自由。

麦地的呼唤

旷原上汹涌着风涛，回旋着的暑气淤积在这黄昏中。我侧耳听着风中凌乱的树枝间滑落的人声，听不清字眼，大概是外婆在唤我回去吧。走过凹凸纵横的田埂，走过青绿的沉寂的鱼塘，我走回红砖墙围起的小院，走进水泥地上空响脆的碾麦的声浪中。

暑期里这个平常的夜晚，外婆坐在藤椅上轻摇着蒲扇，不久便发出低沉的鼾声。一扬一抑，一顿一转，和着蝉的吟唱，不断从我耳边溜走。月色渐浓，衣树冠以华裳，拥着繁星，我缓缓入眠。

数年前，懵懂的我看腻了城市的车水马龙，玩烦了各式新鲜物件，疯疯傻傻地数着日子，终于想到该换一番天地了。于是，父亲带我坐上喘息的破巴士，我消停了几个小时，父亲把我交到了外婆手中。六岁的我住进了外婆所在的山村，也住进了每一个麦浪翻滚、麦粒飘香的夏天。

清晨，不知名的飞鸟把山林吵醒，顺便烦扰一下贪睡的小孩。我爬起来，趔趄着晃进厨房，在缭绕升腾的烟雾里，揉了揉惺忪的睡眼，寻着外婆。外婆站在灶台旁，熟练的动作一气呵成，一绺染黑的发丝贴在额头上，似乎已被蒸汽濡湿，油油地招摇着。等到一碗泛着光泽的汤圆端上桌来，我的瞌睡早已杳无踪影了。

挨过整个上午，吃完午饭，我便黏着外婆要上山去。尽管外婆极力描绘炙热的太阳、阴森的树梢、崎岖的山路和遍布的荆棘丛，但我幼小的心灵却没有丝毫动摇。一路快马加鞭，我们朝着山坡的麦地进发。风过林梢，细碎的日光在叶间斑驳摇曳，映着外婆和我红润的面庞。深林尽处，豁然开朗：烈日下翻滚着灿黄的麦浪，它们和田间稀疏的树影同频起伏；沙尘竭力跃起又堪堪坠落，呼应着稻草人塑料裙摆上流淌的金光。

外婆卸下竹篓，抽出镰刀，"恐吓"了一番企图四处乱窜的我，就撸起袖子下了地。我看着外婆一手搂过一簇麦子，转动手腕握紧麦秆，另一手的镰刀旋即挥下，劲力到处，茎秆尽折。这么一簇一簇过去，麦田便一行一行地矮下去。不多时，我就晒得两颊如炭烧，呼呼地躲到树下，转头看几只甲壳虫同外婆一起忙碌，实在无聊，攀上藤蔓想要爬上树去登高望远，终究在外婆遥远的威压中悻悻作罢。夏阳西移，终于，外婆收整好行装，在田野的那头喊道："哎！回家喽！"

归途下山，本应更轻松才是，可晃悠了一整天的小鬼哪里还有蹦跳的力气？起初我还咿咿呀呀胡乱地唱着歌，到了半路，只得一步一顿挪着脚走了。外婆摘了朵野花给我别在耳朵上，顺手把我架起来抱在怀里，在山路夕阳沉静的光芒中，我偎在外婆肩上，意识逐渐模糊。

叹往昔不可追，步履太匆匆。渐渐地，我也学着其他少年的模样，被五彩斑斓的屏幕吸引而戴上了近视眼镜，整日隅居在阁楼里，头顶只有四角的天空。外婆说："我们那儿也装了电视了，乖孙肯定欢喜极了。"外婆又说："我们那儿也有宽带了，我和乖孙都可以耍手机了。"外婆还说："我们那儿也是空调房了，乖孙再不怕被蚊子咬，不怕伏天热了。"我于是仍经常回乡下，在堂屋乐得没有父母管辖的安逸；外婆盯着我，也乐得看乖孙欢笑的舒心。屋檐下，我不再好奇鸡、鸭、猪的习性与吃食，不再乐于欣赏外婆灶前运筹帷幄的艺术，也不再缠着外婆东奔西跑了。大概某些清晨，外婆仍旧背着镰刀往麦地赶，可是我却让那一声声即要出口又被生生咽回的呼唤，汹涌在无边的麦浪里，又和她一起失落在空寂的夏风中。

那天下午，书桌前的我忽地听见门外走廊上钝重的响声，我扔下笔，到门前一瞧，是外婆又拎着鸡蛋、米、面，这月里第三次进城看我了。看着外婆佝偻着忙进忙出的身影，我忽然记起原来是夏天到了，外婆的生日也近了。

几日后，当我们一家三口出现在红砖墙围起的空荡荡的院里时，外婆竟惊喜得手足无措了。这次不用她操劳饭食，父亲指挥着我们母子做饭，外婆系着围裙立在一旁，有些尴尬，又有些欣慰。吃饭时外婆无意中说，每年她生日过完了，又该收麦子了。

于是这个六月，我终于又顶着骄阳同外婆出发了。我看见麦地依旧金黄，热气在眼前翻涌奔腾，脸上的火辣愈增，心底的暖意愈浓。我随着外婆下地，生硬地模仿着搂、拽、割的动作，磕磕绊绊地想跟上外婆的步调。可不一会儿，外婆还是将我甩下了好远。我抬头望了望天，继续埋头追赶。一阵凉风吹来，我似乎听到了滴滴汗水落入泥土的声音。我想，它们会开出一朵朵花，我要摘一朵将它别在外婆的耳畔。不久，它们也会结出一粒粒果实，带给我们无尽的欢乐。

外婆已收装好丰收的麦穗，我也终于参差不齐地完成了一块麦田的劳作。外婆笑被我收割的麦地像蹩脚理发师的杰作，我望着外婆脸上荡起的涟漪，也不由得笑出声来。夕阳无限温柔，酡红色在山尖晕染开，外婆背起竹篓朝我挥手："走啦！回家啦！"

返程前，外婆神秘地攥紧我的手，说："接好咯，这是你自己的劳动哟！"我笑着应声接下外婆手里的一把麦穗，小心地放进口袋。那感觉，就像是装下了整个夏天的热烈，也装进了外婆在麦地里带笑的呼唤。

秋风的诗

我空空地盯着久未放晴的天空，这些阴云似乎停留得有些时日了。

秋天似乎听到我的心意了。这晚，教室的窗棂被风吹得哐哐响。随着下课铃响起，我懒洋洋地拉开门，忽然被冷冽的风惊退了半步。外面风声呼啸，好像受了什么召唤，从四面八方奔涌过来。学生们也像听到召唤，蜂拥至操场，偌大的空间是孩子与秋风共同的乐园。

裹紧衣服，心里是热的。受着墙壁的庇护，室内的灯安稳地亮着，树影很清楚。满地银杏，并且队伍仍在不停壮大。这果子是不好闻的，甚至可以称为恶臭，而大风吹开了郁积的气味。在宽旷的场地上，夜空低垂下来；寥寥数星轻柔地散发着光，一会儿也消失了。我加紧步履向草地中央走去，风压得草们俯着头，枯黄的丝缕在夜里编织成一床大被子盖在土地上。人潮渐渐退去了，只有枯枝腐叶在寰宇间画圈。

放学后，踩着满地的梧桐叶回家，心里不免感怀盛夏又这么去了。落叶的声音是很干瘪的，像是老人行将就木的咳嗽声，一簇一簇磕绊着响。有一小截断枝落在我肩上，形状像失去生机的珊瑚。它曾经是如何张扬着绿叶呼唤阳光的呢？我想象不出它在树枝上春风得意的神气样。人们都不屑停留，踏着

"朽尸"们行色匆匆走过；偶有小孩欣喜地掬起几片黄叶，却免不了被责骂，一场风把人们吹得焦急了，忙乱了，像漫天纷飞的落叶一般，迫切地想觅一静处安身。

回到熟悉的窗前，浓墨一样的夜色染透了小城。劲风不知疲倦地奔驰着，像犬吠一样啸叫，激昂地划破空间。欧阳永叔说它"钑钑铮铮，金铁皆鸣"，原是极贴切的。没有枯枝应和，高楼的风是干净的、纯粹的，如一曲古老而野性的歌谣在城市上空飘转，环抱着本应静寂的夜阑。

"阿嚏！"我伸手捂口鼻，这才发觉鼻尖已冻得冰凉。退回屋内，看窗玻璃上晕出白色的灯光，怕冷的我想出去观望，热情的风想进来逛悠：于是窗户被狠狠碰撞着，铁质边角发出刺耳的呻吟。

逢秋怎能不悲寂寥啊！想起老病的杜甫，颠沛半生，百疾缠身，连一屋茅草都未能留住。想起郁郁一生的陆放翁，家国破败，风雨飘摇，在秋风的梦里也思量着金戈铁马。想起"不合时宜"的东坡，辗转中国南北，爱人不幸早逝，壮志不酬，"把盏凄然北望"。古来悲秋伤时，无尽酸楚。可是，无家可归的子美说，但愿天下寒士有广厦保暖，己独受冻而死亦无憾；卧病在榻的务观说，但愿以残躯护国家安宁，王师北定中原请祭告老翁；命途多舛的子瞻说，何妨吟啸踏雨徐行，人生总有山头斜照相迎，一时哀苦不足道哉！他们走过了数载长秋，岁月在额上刻下印记；但灵魂深处的浪漫诗意从未离开，在静谧的秋日里乘风而起，在神州大地上翻涌奔腾。

不知不觉已近三更，风声却未小。眼皮却无论如何再撑不开了。期待着明天阴云跟风走远，久违的秋阳便会普照大地。

蝼蚁与汪洋

除夕，万家灯火，宵乐如冬雷。

江边人很少，只有祭告祖先的一支支香幽幽地发着光。寒冬里，江风竟不十分冷，略带些清爽的余韵，一点一点揉碎在深夜藏青色的梦里，在一片宁寂中弥漫。回想起小时候的春节，我偎在爷爷臂弯里昏昏欲睡，如今远离炉火而信步独游，竟有些"成长"的骄傲感了。

浓黑的夜色，染得思绪也一片微凉。大抵秋冬夜深时，人们心中的惊惧会被孤冷的气氛晕染开吧。月伙同着星星隐遁，整片天空深邃得像静谧的深海。无尽的空旷向心房涌来，江涛发出遥远的声声呼唤，我胸中竟升腾起一丝惶然——自己似乎太微不足道了。

蓦地，眼前出现了书本上那幅太阳系的图景：炽热的火球四方，行星翩转，不见停歇。我们眼里庞然巍然的天体，在骄阳的目光里渺如一粟。星球之间的黑暗向深远处蔓延、浸泽，直至宇宙的尽头。脑海里勾画出凡·高眼里的《星空》，整个世界的骨骸棱角分明地铺展在脑海，我不禁周身发颤。我们，身处银河系的一隅、自诩蓝色星球主人的种群，所有的智者与俗人、政治家和画家、富翁和旅客，都在狭隘的岩缝里代代赓续——却终只是根根攀着树虬曲求阳的藤，朝生暮死，羸弱而无知。

我像井底的蛙，原始地惧怕着幽深莫测的夜空。也许我正怪诞地战栗着、木然地迈步，裹在思绪里，所有的悲喜、环绕我的善良和恶语统统灰飞烟灭，像是走进一个透明的自己，感知自身冰凉的呼吸。一时之间，我似乎听见亘古人类的历史在低声倾诉，她诉说一路的挫折与梦想、希望与苦痛、无数次的探索与迷途，终于她短促而坚定的声音穿透颅内的寰宇，像脑中的闪电划过，惊醒我颓靡的精神——

我与世界同在，永远同在。

露生朝晖，它的脸颊映在阳光里。

鱼翔浅底，它的灵魂融在浪花中。

兰发于野，它的芬芳留存于岁月。

雁飞掠霞，它的翅翼镌刻于长空。

我们都易逝如露，却想包容整颗太阳。

我们都脆弱如鱼，离不开江河的臂膀。

我们都天真如兰，以为人间充盈着幽香。

我们都固执如雁，痴醉于天际的霞光。

我们渺小，渺小得在无边的空旷里几乎消隐了；我们广博，广博得与这空间的每一寸丹青都相融了。一切短暂的与长存的、微细的与阔大的，在宇宙的尺度上，随着岁月流转而归于永恒。苏轼说"物与我皆无尽也"，原来已是奇绝的睿智呀！

恍惚间，我像是只蝼蚁，站在海风呼啸的高崖之沿。我的身体在气流里摇晃，我用发丝一样的细肢扒住石罅。

我足下是汪洋的海，浪势滔天。它可惧的伟力与浑重的气息几乎将我推倒在风中，但我支撑着小小的头颅，探出崖畔，俯瞰这吞噬一切的磅礴大海：它搏动，它冲激，它咆哮，它在呼唤我的心。

我凝视每一粒冲出海洋平面的水珠：它们哪里是冰冷的水滴，它们分明是同我一样热情的生灵！我已经看见，那无数的与我相似的瞳仁，在冷峻的海床上燃烧。我脱离石崖，飘然一跃——

我与世界同在，永远同在。

总有一种声音让我泪流满面

八月秋高，阴风穿透静寂的夜。枯枝败叶的哭声干瘪，像是老人行将就木的咳嗽，一簇一簇磕绊着响。阖上窗，秋声微弱下来，而耳畔字句逐渐清晰。

正在空气中翻动的是《兵车行》的诗句。朗诵者略哑的嗓音裹挟着一股深厚的鼻音冲出音箱，在阔大的房间里飘散。那每一个音节仿佛都蒙上了历史的尘泥，朦胧地盘旋在耳边，苦苦撑起这一句的声韵。如同路基被火车轧过，我的心跳也变得沉重，蓦然抚面，眼角已流出一粒粒冰凉的泪珠。

听及"哭声直上干云霄"，想起上一次这样"升腾"的诗意还是在东岳之巅吧！25岁的杜甫初出茅庐、踌躇满志，满眼都是前路的光明。他说，终将有一日要登临天下之绝顶，这是怎样浩荡的壮志与胸怀啊！我想激进于胸中的不仅是自身的热血，更是盛唐风骨的弦音。那时的杜甫和大唐都想不到日后的风雨患难吧！

从涉足高山大河的自由浪漫到远赴长安的寻官求仕，离开李白的杜甫似乎失去了"仙气"，从而也使他自己的独特诗味逐渐展露。玄宗心灵麻痹，沉溺享乐，李林甫大权独揽，助奸扼贤，朝中暗无天日。我似乎悲哀地看到，杜甫作诗东投西赠，却碰了一鼻头的灰；玄宗征文人入朝，他自信胜券在握，却因李林甫嫉恨而不了了之。甚至玄宗钦命查试文章的仕进契机，也被李小人作祟破坏，梦想、希冀都化作泡影。一切都在悄然发酵：太平到兵乱的时代突变、昂扬到沉郁的诗风转换，突如其来又蓄谋已久。《兵车行》一曲，哀民生之多艰，谁承想竟标志了一个时代，开启了一部史诗。

渔阳鼙鼓骤响，铁骑杀声震天。比翼连枝梦碎，"霓裳羽衣"成灰。死在马嵬坡的不只是杨玉环，更是骄狂淫奢的明皇、歌舞升平的大唐。于是有了"国破山河在，城春草木深"，有了"戍鼓断人行，边秋一雁声"，有了"野哭千家闻战伐，夷歌数处起渔樵"。我相信不只我们为了诗句而哭，杜甫自身也为百姓而哭；他自己亲人分散、生离死别、穷困潦倒、无家可归，却仍惦念天下寒士，悲悯戍卒征夫。穿过安史之乱的烽烟，我们看到的仍是那个满怀冰雪的杜甫，虽然遭际困顿、生活煎熬，可那颗忧国忧民的心仍在胸腔中搏动，那份报国救民的热情仍在心头奔涌，额上沟壑纵横，目光仍澄澈如月，映射出整片土地上的苦寒与悲哀。

湘江北去，清角吹寒；溯流逆上，疾重而终。小舟颠簸，凄波幽荡，一川碧水倒映着满头银丝。他颤颤地仰起头，看着惨白的太阳，温暖而并不刺眼。在冬日宁静的光芒中，子美终于安稳地睡去了。不再担心茅屋失修、墙角屋漏；不再惦念国势倾颓、子散亲离。他默默地离去，正如历史默默地记住了他和他的诗篇。

"君不见青海头，古来白骨无人收。新鬼烦冤旧鬼哭，天阴雨湿声啾啾！"

人声已落，箫音依旧，和它一起颤动的是石壕老妇的嘶喊，是城春残垣中的鸟鸣，是寰宇下沙鸥的悲啼，更是青海的白骨丛中若有若无的低咽。杜甫未亲临边疆，但他清厉的目光越过千里，写下了感天动地的绝唱；我们也未能亲至盛唐，但诗人的文字给了我们想象，或珍奇或痛心，却无一不是那个时代深挚的呼唤。

此刻我恍然大悟，原来我颊上汹涌的，竟是从千年前唐人身上继承来的血脉，竟是我与生俱来的对盛唐气象向往而痛惜的情怀。

时间的痕迹

老屋的白炽灯在墙畔疲倦地亮着，可丝毫也不比皎洁的月光逊色。我站在夜色里，看着自己的影子被一点点拉长。我听到屋内奶奶在唤我，奶奶怕我在院里着了凉。

从小孩子纯洁的眼光看吧，奶奶实在算不得一个"好"人。在那些陈旧的故事里头，她常常是争执里的主角——当然也总是获胜的那个。为的可能仅是一条鱼、半只鸭。她在爷爷嘴里是个"刁蛮"的老太太，爷爷年轻时一有不对就要遭受一番数落，老来也还会因念错几个字而被嘲讽良久。有时，爷爷急得攥紧拳头咬着牙关，到头来仍是毫无办法，诺诺相让。而我从小听着她的唠叨长大，更不快于她的抠抠搜搜。小小的我疑惑万分："奶奶抠搜留下的那些钱哪儿去啦？"

时间爬过老旧的房檐，我和小院里的黄桷兰一同蹿着个头。我听的故事不再是小猫小狗云云，大人们也告诉了我很多学校里没讲过的东西。也不用怎么讲，我一向晓得爷爷十分老实厚道，对谁都挺真诚的；可是童话里的善良人终不会真的"幸福"，"坏"也有它的用处。奶奶就是这样，比爷爷"聪明"得多。难以想象她矮小的身子里蕴藏着如此巨大的能量：不是她的"蛮横"，留不下这幢浸在回忆里的老房子；不是她的"责骂"，父亲也无法成才，成为单位里的技术骨干；不是她的"抠搜",便没有那几套房产……虽然很早就"被迫退休",但她不卑不亢,挺直腰板又勒紧裤腰带,攒出子女的未来;她还有个宏大的愿望,要以一己之力存够让孙子飞得更高的费用。

某个冬天,我们围在火炉前,火光映着奶奶激动的面庞。她眉飞色舞地讲着北上京都的往事。她说,当时大伙儿一个争一个地挤上火车,她也不敢落下;一路到北京,在天安门广场上跟着人潮一同涌动;看见毛主席亲切爽朗的笑容,手里紧紧抓着散发下来的苹果、梨子和几块糖;接着又顺便到北京周郊……火光在她浑浊的眼睛里跳跃着,顺着那深邃的目光望过去,我仿佛看到了数十年前那群少年,看到了那金碧辉煌的城门,看到了巍峨绵延的长城。那双眼睛里,似乎又燃烧起少年时出人头地的理想,纵然被坎坷岁月浇灭,如今却依然熠熠闪光。"乖孙儿,你碰上了好时候,一定要努力呀!"我用懵懂的眼光看向奶奶,竟读懂了她精明一世的辛苦,读懂了她热烈深沉的愿望;我感到一束明亮的光照在我身上——我好像长大了。

应声,我从回忆中被拉回到屋内。见奶奶嚼着剩下的饭菜,不愿有一丁点儿浪费,我走到她身前,揽住她的肩膀,时光已压弯她的脊背,染白她的青丝,但此时我们站在时间之外,心里坚定地望着我们共同的未来。

一路生花

春，踩着轻快的步子，娉娉婷婷地走来了。一年之计，一岁之始，她昂首挺胸地掠过冰雪初融的大地，不允许任何一个角落的阴寒停留。在这阳光普照的日子，若仍窝在那一方小小的天地里自娱自乐，未免有些太残酷了。父亲说，咱出去走走吧。那就去玉台山逛逛吧。

于是，不负行囊，轻装出发。穿过人潮汹涌的十字街头，穿过鸟鸣嘤嘤的浅绿树荫，穿过青石铺就的寻常巷陌，几番周转，就见到了滚滚而流的嘉陵江。正值禁渔期，粼波上并无渔夫泛舟，却有几只画舫在水面上闲逸滑过，还有水鸟们正在大快朵颐。轻捷的鸥鹭在青山绿水间徘徊起伏，白色的翎羽在天空中画出道道弧线。我急着奔赴遥遥终点，却被父亲拉住："走慢点。"

走在青苔蔓生的滨江古道，一侧是东流水，一侧是缓行人。这里全然没有市中心的脚步匆匆，大多是老人或是老人携着小孙子在散步。老人们闲来独步，不慌；孩子们无忧悠游，不忙。在花径草地上嬉戏，在亭台木桥上歇息。一会儿是老太太们合掌大笑，一会儿又是小娃娃们撒丫子乱跑。小车鲜来涉足，这里仿佛是武陵人所见之桃源，不论年纪大小，都有各自的怡然之处。

被头顶莺声惊扰，这才发觉几对早莺新燕莅临树梢。柳絮在风的抚弄下四方飞舞，杨花在春的呼唤里姗姗开放。我想要及早赶到前方的翠微下，却被父亲叫住："走慢点。"

徐行其间，才发现身边草丛竟掩映着花的笑靥。几簇无名的小花在草的幕布前纷繁开放，无比夺目。时候已不早，父亲仍不紧不慢地道："走慢点。"

已而夕阳在山，人影散乱。落日将余晖洒向远方的群岚，三分酿成酡红掩去浮动的青黛，余下七分炼成金丝，便洒在天边茂盛的云层间，化为了晚霞的衣裳。我们伫立在玉台山山脚，向着这幅画极目望去。

人生旅途短暂，一晃就是数年。我们总是在凝视那个看起来星光熠熠的终点，却忘记了这充盈着生命的温柔的路途。这一程中，自然母亲给予的无限好山河，才是我们应一生追求的"无尽藏也"。

归途中我放慢脚步，时而驻足，时而徐行，我终于发现，原来这短短一路，遍地是珍异的春花。

没有一种生活是可惜的

微风轻柔地翻动书页，安静地阅读着我们的故事。书本之间，泛黄的毕业照被压得很平整，照片一角那个轮椅上的少年，正努力地举起手臂，把笑脸镌刻在那个夏天。

一个清朗的秋日，小小的我背着瘪瘪的书包，摇头晃脑地第一个冲进校园，"噔噔"跨上几级台阶，一屁股在门口的座位上坐下来，不安分地四处打量。不多时，大大的教室就被孩子们鸟叫般的笑闹声填满。忽然看见操场中间有一个奇怪的身影，明明有好好的两条腿，却好像一团软泥巴，一弯一拐地，脑袋起起伏伏着走过来。要爬几级台阶，只见他一手扶着栏杆，一手拽紧书包的背带，将栏杆当作支点，把自己撑上楼梯。几步路程，他已满头大汗，又费力地把自己挪到墙角的座位上，扶着桌子坐下，一言不发。

我身边几个大胆的男生模仿起他的姿态，东倒西歪，很滑稽，他们都大笑不止，我也跟着一起笑。老师大喝一声："坐好了！"吓得我们几个立即埋头静默。

之后，我知道了他叫阿星，腿有点残疾。开学好多天，他几乎没说过话，都让人怀疑是不是腿脚的毛病转移到嘴巴上了。过了不知多久，除了奇特的走路姿势引得陌生人惊奇外，他仿佛和桌椅一样成了教室里的陈设。反正每天一早，他总第一个坐在角落里，太阳下山后也是磨蹭到最后才离开。

时间跟城畔江水一同流淌着。某次调整座位，我被排到阿星身边。我好动，对这个木头同桌真是又爱又恨。科学课上，大家面红耳赤地争论星星为什么会眨眼。"其实就是因为大气层一会儿厚一会儿薄，有时挡住了星星发的光。"阿星清晰地说。顿时，空气很安静。此后，我们逐渐熟络：原来因为得病，他无法跑动，只能坐在家里抱着一本又一本书啃，他的脑中装进无数奇妙的知识。他告诉我为什么猫的眼睛会发光、狗的鼻子如此灵，为什么爸爸的力气比妈妈大。也是借他的书，我才读到在某所学校有个叫马小跳的小男孩，也和我们一样每天都上演着新鲜的故事。

日子安安静静地一天天走过，我发觉阿星慢慢地站不起来了。我偶然撞见他爷爷用轮椅送他，阿星现在连软绵绵地走两步路都办不到了。但他还是很安静，仍旧只和我聊天、聊写作，聊数学竞赛，聊英语演讲，聊天文，这些都是他的强项。我记得他在《白雪少年》的扉页上写道："每个人都是世界的一角，都是一块必不可少的拼图。不用担心自己形状如何，我们终会和他人一起拼成灿烂盛大的人间！"

毕业晚会上，我扶着阿星，祝贺他获得市级第一名，他的眉眼弯弯，开心极了。他的笑颜深深地印在我心底，连同那晚天空中眨眼的明星。

别后几年，没有见过阿星。

如今，月夜下，站在这墓前，摩挲着碑上的"星"字，我仿佛又对上他的眼睛——清澈而明亮。

只留清气满乾坤

古城静谧的校园里，阳光无言地映照在各个角落。青色的琉璃瓦层层叠在屋顶，边沿有一圈青苔蔓出。最是一年春好处，我漫步在曾生活了六年的校园里，走过充溢着童真的孩提时代。沉默的皂荚树那虬旋的枝丫发出了新芽。

那个秋天，暖阳高高地挂着。她身着一袭黑色的长裙，踩着高跟鞋的鼓点走进教室，和蔼地说："我姓宋，大家可以叫我宋老师。"孩子们稚嫩的声音把这个温暖的称谓拉长，她笑，我们也笑。天色欲暮，夕阳将颓，皂荚叶已渐黄进入长秋。

料峭春风吹冬去，绿叶发华滋。渐渐长大的我们开启了写作的征途。第一次写作文，只寥寥百字，东拼西凑，不成一篇，可年龄尚幼的我仍对着大作"痴笑不已，爱不释手"。一到上学，我便迫不及待地把作文塞到书本的最下面——妈妈说这叫"压轴"。

几节课过去，估摸着老师已阅完卷，我心里激动不已。果然，老师在临放学前传我去办公室。一进这教堂般肃穆的"重地"，我的心不由自主地狂跳不止。"来，坐下吧。"老师和蔼地拉着我到她桌前，"你看过挺多书了吧？真不错。多读书可是很有好处的哦！"我呆呆地点点头。"可是，是不是书中写什么就搬什么到本子上呢？我们摘抄积累模仿是必要的，但真正打动人心的，是自己呕心沥血的创造。"老师温柔地望着我。我懵懵懂懂"嗯嗯"地应着，可这句话哪里是当初还是小孩的我能琢磨透的呀！

寒来暑往，春秋代序。这天走进教室的，却不再是那熟悉的身影。学校说，宋老师生病了，要过好一阵子才能回来。我们于是仍专心致志地听新老师上课，期待着哪一天那袭黑色裙子会突然出现。

数着宋老师离开的日子，却忽地临近毕业了，那个愿望，那个渴望她回来的愿望，此时似乎已成为聊以慰藉的臆想了。

这年元宵节，宋老师邀请我去她家做客。我无以奉赠，便携上了常在案边的《白雪少年》。待到宋老师家里，她很欢喜地招呼着我吃这拣那。我们聊了好多，从我自己幼稚的理想到刚刚离世的林清玄。我拿起书告诉她，我也要当语文老师，给每个同学讲林清玄的书，还请她抽出退休后的时间来做讲演。她笑，我也笑。看着老师稀疏且枯白的头发，想起了她曾带我们去看的柳絮杨花。

那时的我是多么愚钝啊，竟没发现她丈夫日夜操劳而红肿的眼和那瓶瓶罐罐摆满的床沿。我知道，现在，她跟林清玄先生聊天去了，他们会从《越过沧桑》聊到《白雪少年》，或许还会提到我，提到这广袤的人世间。

校园里，皂荚树缄口不言，摇下几片正绿的叶，仿佛卸下了什么重担。对于树，春天的落叶是偶然发生的意外，对于天地间，这几片落叶留下的是充满我整个人生的清芬。

开在心中的花

凛冽的北风吹荒大地，冬日的阳光屏声敛息。寒冷，在每个人身旁打转儿，狞笑着扑向树木、碧草，在空气中蹿出几道白雾，神采飞扬地四处游走。

路口，几道地面的皱痕逐渐清晰。单薄的路牌上似乎凝上了霜，在寒风中瑟瑟发抖。忽然，一道身影出现在视线里，那身影被路旁的小店衬得极瘦弱，仿佛风一吹就倒。近了些，他蓝黄的旧工作服显然小了，露出腕上并不白皙的肌肤。脚上踏着灰扑扑的棕皮鞋，踩着叮咚的脆响，他与我擦肩而过，我瞥见了一张千沟万壑的脸。淡淡的胡茬胡乱堆在口边，像小孩沾上的菜渣，耳朵应是冻裂了，露出红肿的皮肤。头发像鸡毛掸子一样乍着，似乎要戳破那顶破旧的毡帽。这是南方啊，这毡帽是从哪顺来的？我怀疑他是个高明的扒手，赶紧捂了捂口袋里的钱包，向着原来的方向继续走，看着前面灰蒙蒙的背影，我的疑心更重了。不好，他还提了个包，现在这个行业也有工具了？孩子般的天真竟强迫我要跟上他。

忽地，他停下脚步，吓得我一趔趄；只见他蹲下身子，直勾勾地盯着地上的井盖。

"嗞——"拉链被拉开，旧包里的"作案工具"重见天日——半盒小螺丝、几个螺丝刀、扳手或锤子，还有些眼熟的东西。他小心翼翼地挑选着，如数家珍。他拿出个木棍似的小东西，慢慢撬开井盖——钻了下去！他在干吗？有这么潜入人家家里作案的吗？我正嘀咕，一股恶臭与冷空气狼狈为奸，与我的鼻息在空中展开厮杀，最终我的鼻息寡不敌众，遗憾败北，只能忍受大便般的恶臭与刺鼻的鱼腥味，叫苦不迭。这时，他的头发探了出来，伸出手拿了什么东西，又如乌龟入壳般缩了回去。

不久，他整个头又伸出了洞，带出一股盐酸味儿。他的头发丝顶着汗珠，擎得老高，又被杂乱无章的摇动晃破。头顶冒着白气，逼着冷空气丢下恶臭，与它为伍。衣袖似乎怕得不敢见人，缩到了肘后；手上、脸上全是泥汗，像是小孩的手套与花脸；本就不干净的皮鞋更脏了，沾上更多的淤泥。他自己倒是毫不在意，收拾着东西。

这是谁？他是工人吗？无人可询。不过寒冷的冬日里，一个头顶冒着热汗、干得极认真仔细的人应该不是坏人。至少，路旁小店的灯光十分肯定他的功绩，给他单薄如路牌的背影镀上了一层金边。

忽地，风止住，心灵的沃土上抽出新枝来，几朵娇嫩的花儿在我心中悄悄地绽开。

推开窗，阳光正好

城市里大楼鳞次栉比，遮天蔽日，人们习惯了水泥的尘灰、汽车的尾气，却忘却了生命伊始的记忆。

我的书桌靠窗，窗外是寻常的楼道拐角，但它很宽敞。每天早晨，阳光都从那东头悄悄地溜过来。水泥砌的拐角阳台台面上，堆着几盆长势喜人的绿植，阳光拂过的绿色，总是依偎在清风里，跳跃着，翻涌着。

芦荟像八爪鱼一样伸展出触手，末端上翘，倒刺列阵两旁，狰狞如獠牙；吊兰翠叶曲蔓，蒙络摇缀，参差披拂。一株株植物肥肥胖胖，仿佛要挣脱瓷盆的束缚，或者干脆一头从阳台上栽下去。

每天经过，它们都有肉眼可见的变化。叶片一天天长了，绿得越来越稳重、成熟。不知是哪位热心的邻居，给芦荟换了青花的大盆，更添了几分古色古香的味道。

忽地有一次傍晚，芦荟冒出了一簇儿小花苞。花苞从根部由黄入红，远望如一团灿美的云霞，过了几个夜晚，花就开了。先前的红色淡成黄橙，尖端打开，花瓣微卷，整个儿成一把未打开的雨伞状。花朵们仿佛害羞了，抱成团聚在一枝茎上，青花的瓷盆就这么安静地擎着一大束花，在夕阳的映照下染上一圈微红的光晕，像美人微醺。走远些，下层的绿色也映入眼帘。渐渐地，黄、红、绿拼接交染，连成一片，夜色一黑，就什么也瞧不见了。

你若盛开，春光自来。其他的绿植也在阳光的召唤下相继开出花，刹那间，"满面尘灰烟火色"的楼房似乎也引得蜂蝶翩然而至，仿佛也唤起了人最本真的回忆：我们都是自然的孩子，我们的灵魂与绿植的灵魂是同在的。冰冷的混凝土、坚硬的柏油路虽扰人心境，所幸，我们能与那片绿意在接踵摩肩的人间相逢，乘着煦暖清风和它们一同盛开。

我本以为这种邂逅是上天偶然的眷顾。

有一天，"生物钟"莫名其妙地把我叫醒——楼下的狗神经质地大声吠叫。无奈撑起身子，挨到书桌边坐下。推开窗，阳光大大方方地走进屋内，给桌上摊开的书页也铺上一层暖融融的金黄。木桌上柔光一脉，白纸一张，我心中欲语千言，竟不知从何落笔。

抬起头，望向窗外，忽见一个颤巍巍的身影。一位老太太正晃悠悠地上了五楼，手上提着水壶。

熹微的晓光倾在花盆中，随着细小的水流闪烁起来。老太太悉心地浇完每一株，笑眯眯地望了绿植许多眼，像看着乖巧的孙娃子。良久，她又背着手晃悠悠地离开。老人鞋底击地的啪嗒声，响了许久才断绝。

再抬头，阳光更明亮了。绿油油的植株越长越大，叶片裹卷起来，像是开着绿色的大花。

校里校外

梧桐叶飞下，点染出绵长的深秋，细风在晨曦里穿过危楼。案边书页翻动，不过是寂寥生活里百无聊赖的写照罢了。父亲瞥见我的落寞，发话说："走吧，今天到别处去走走。"说走就走，于是我们风风火火地踏上了去往果城的火车。

看过宁谧清幽的北湖公园，看过喧闹繁华的五星街道，一路竟瞧见许多放学的孩子，听见他们鸟儿一样婉转的声音，父亲像是被点醒了一般，忽地提议："去川北医学院逛逛吗？我也好久没再去看过了！"

我们逆着冲往商业中心的人流，径直向那校园行去。入得门中，典雅的气息扑面而来。楼宇一概粉刷成红褐色，庄重中透出些许灵气；楼侧爬着半墙的爬山虎，浸在秋光里，无声无息地委顿着。整片土地笼罩着一层肃静，我竟不自觉地将脚步放轻了。

不过，我身边的这位"校友"却毫不拘谨。父亲一面领着我东蹿西奔，一面伸手为我指认着一幢幢房屋，同时又被大大改变的格局惊到了。于是，他在自豪地展示着自己对此地的熟悉时，又绕在了对新近变化的陌生感里，显得有些滑稽。

我们走来走去，终是应着父亲的揎掇走进一幢教学楼。楼虽然修整过，但父亲仍旧觉得无比亲切。他带着我，指给我看阶梯教室里他曾自习的地方，仿佛那些座位还存有他的温度。

"当年，我就坐这儿学外语啊，戴着耳机，一页页地抄满，红笔蓝笔写得漂漂亮亮……"我看着父亲孩子一样的骄傲，心想，我们之间真的是有共鸣的。坐在吱呀作响的座位上，循着父亲的目光望去，我大概还能勾勒出那个十七岁背着行囊离家求学的少年。

继续逛逛，父亲未停止讲他的故事，我却莫名有些恍惚了。不知不觉间，我已高出父亲大半个头，一往无前地冲向离家的年纪了。看着父亲微驼的身影和稀疏的头顶，我的惶恐似乎也无处安放了。若干年过去，青涩的年轻人身上早已沾满校外烟火的味道，为了生活而勤恳地"脚踏实地"，不再去想浩渺的星空。我拼命地证明自己已经长大成人，日夜想冲出学校的拘锁，此刻却发觉对自己曾经憧憬的"成熟"生活感到一丝惧怕。

不知父亲能否听见我心底的声音，他走走停停，满足地微笑。我看见他淡淡的褶皱里明亮澄净的瞳仁。时间确实能战胜很多东西，但总有它难抹去的。

走出大门，我留恋地回首，看见一排茁壮的秋草在满园的沉静光芒中无畏地生长，肆意地冲撞着围墙。

我的世界有了你

　　我的书桌靠窗，窗外便是一色的墙，白色带着孤寂与悲伤。学习片刻，举头望望窗外，我总会感到丝丝凉意。

　　不知从什么时候起，也许是在春雨的滋润下，那白墙上竟萌发出几株垂蔓的新芽。一开始，虽然嫩绿的叶片在风中摇曳时如仙女的裙裾一般漂亮，但我也不甚在意。可时间如同情感的雕刻家，久了，便觉得这绿意盎然的小伙伴越来越可爱了！

　　一个阳光明媚的星期天，我收拾桌子时，望向窗外，一片清亮的绿映入眼帘，如一挂碧绿的瀑布，缓缓流淌。哇，绿意盈盈之间竟点缀着些嫩黄，原来是这垂蔓的花苞。花苞个个饱胀如珠，似乎小心翼翼地保护着什么琼浆仙露，真想摘来尝尝。再看那绿叶，为了开花憋足了劲儿，叶脉上青筋凸起。这翠绿的叶啊，仿佛是花苞的生命之舟，载着她努力前行，上苍见到了，应该会给她美丽的花吧！

　　又一日，我来到书桌前看书，写作业。过了一段时间，眼睛疲倦了，手也麻木了。一抬头，对面的垂蔓竟开出了花！淡黄的小花在阳光下如繁星般闪耀在绿叶间，一阵微风拂过，顿时起了生机：有的似蝴蝶在叶丛中翩翩起舞，分外娇美；有的落在墙上的电线与水管的缝隙中，装饰着洁白的墙；有的飘扬在空中，如同一个个活泼泼的小精灵，传递着温暖……呀，她们还摇摇胳膊，向我招手呢!

我心中涌起一股暖流，暖意是这绿色的瀑布与星星点点的黄花带来的。我和我的小伙伴——垂蔓，在这一刻多么亲密啊!这平凡的垂蔓，只是偶然间生出的卑微生命，没人给她撒养料、浇水，她自己餐雨饮露，铆足劲开出花来，多么令人欢喜啊!

我喜欢她，她陪伴我，鼓励我，启发我。

自从我的世界有了你，我从卑微中感到了温暖，看到了崇高!

古韵流香的小城

这里，阳光在石头城墙上跳着精致的舞蹈；这里，古树的枝干虬曲盘旋，叶脉苍青；这里，风铃在古楼阁的檐角轻声歌唱；这里，古文化的风韵流淌在人们的言谈举止中。这里，是我的家乡——阆中。

阆中地形奇峻。她北面背靠青山，其余三面呈马蹄形，被明澈清冽的嘉陵江水包围着。江水的另一面是从江水中拔地而起的山峰，它们如同一队肃立的士兵，隔江护卫着这座城池。

漫步古城，街道非常干净，偶尔掉下的落叶，间或铺在青石板上。有的平静地躺着；有的卷成筒状，犹如平静的沙滩上零星地散落着的一只只海螺，等待微风来吹响。

街道的两旁，明清风貌的屋宇林立，一色的瓦，一色的檐脊，各式的木门，各样的窗饰，令人目不暇接。各种店铺争相在门前竖起了旗帜，挂起了幌子，悬起了大幅的海报。连店名都别具风味，如群英阁、滋培堂、翰墨苑等。穿行于人群中，常会碰见穿古装的人们，黑脸张飞啦，穿红戴绿的媒婆啦，浑身烫金通红的新娘啦，提着皮影的艺人啦……

缓步徐行，留恋地走出古城，来到嘉陵江边。嘉陵江对岸是一带青山。这一带青山中，最引人注目的当然是锦屏山了。如果要登临锦屏山山顶，就要先顺着山脚的小路，到达大门口，然后爬坡，慢慢地，平坦的宽道变成了狭窄的小路，又慢慢地变成陡峭的阶梯。走完阶梯，就到了锦屏山山顶——赛锦屏。站在赛锦屏上，置身于大片的树林中。阳光透过密密的树叶洒在地上，像金子一样晃动。风儿吹过树林，发出"沙沙"的响声，像一支动听的乐曲。抬眼一望，远有金碧辉煌的滕王阁、绿树掩映的巴巴寺；近有飞檐翘角的魁星楼、挺拔峻峭的白塔山。而古城像一个可爱的婴儿，睡在嘉陵江温暖舒适的怀抱里。

这就是我的家乡，真不愧是"阆苑仙境"呀！

清明祭　遗志传

　　小雨微微，碧草青青，苍松肃穆，翠柏庄严，清明节如期而至，哀思涌上心头。

　　清明既是节日，又是节气。它是中国的三大鬼节之一，也是扫墓与祭祖的重要传统节日。清朝的《岁时百问》中说道，万物生长于此时，皆清洁而明净，故谓之"清明"。它始于战国，由于寒食与清明十分接近，而将本应在寒食节做的事划到清明，于是，在清明扫墓、祭祖也就渐渐成为一种习俗。

　　清明是血，清明是泪。除了祭奠祖先，我们还要纪念一群人，他们就是那些革命先烈。你可曾知道，有多少人为了保卫神圣的国土，为了保证后辈的生活，为了更加美好的明天，惨烈地战死在那硝烟四起、尘土飞扬的沙场上？

　　清明节这天，我和妈妈来到红军纪念园。走进大门，三个金光闪闪的大字呈现在我们眼前——红军魂。每个字各踞一块石头，笔画粗实，线条飞翘，着实摄人心神。

　　红军纪念广场的正中央有一座大型红砂石雕"强渡嘉陵江"。只见一个个战士气宇轩昂，举着红旗，张大嘴巴，好像在高呼："我们一定要胜利！我们一定能胜利！"我似乎从他们那坚定的眼神中感受到了他们与敌人抗争到底的决心。

　　石雕的背后是三根不锈钢旗杆，上面飘扬着国旗。在通往山上的石阶处，"烈士纪念园"五个鲜红的大字熠熠夺目，两侧依着山体屹立着十位阆中籍将军的半身铜像。将军们的雕塑鲜活有神，目光炯炯，似燃烧之炬。

走完铺满鲜花的层层叠叠的阶梯，我们看见了"告别苏区"雕塑。上面刻着军人们严肃的面孔。庄重的姿势，展现了红军战士斩断铁链翻身闹革命的铮铮铁骨和踏上长征路对苏区的恋恋不舍。

在"告别苏区"的旁边，革命烈士纪念碑肃然而立。它大体上像帆船的形状，弯弯的底座与直指云霄的碑身，像要带着先烈们美好的向往与坚定的信念驶向远方——那灵魂最终的归宿之地。

啊，先烈们，你们用自己的身躯铺就了中华民族通往辉煌的道路，用自己的鲜血染红了五星红旗，用自己的头颅锻造了胜利的丰碑。在这里，我要举起我稚嫩的手臂向你们行一个庄严的队礼以表示敬意。

啊，先烈们，清明雨上，折一枝菊寄到你们身旁。涓涓雨流，纸笺几重，浅吟稚语，诗藏赞颂：

咏先烈

清明雨洗烈士墓，冥纸火烧今人心。

英雄遗志永承继，自强不息祖国新。

白马一骑，任意东西

"有人的地方，就有江湖。"江湖十年雨，仗剑游侠儿。中国的文学作品里从不乏飒爽飘逸的游侠形象，少年英气流于文字间，鼓动着平定天下、为民除害的热血脉搏，一副副侠肝义胆跃然纸上。纸卷纷杂间，子建用八斗高才一泻而下铸就的《白马篇》，穿过千年的荫翳风尘，泛黄的书页扬起墨迹，熠熠生辉。

康庄大道上尘土飞扬，英姿一抹翩入眼帘。"白马饰金羁，连翩西北驰。"马头笼金光，马蹄脆声长。虽然少小离家，但苦练武艺，我们有理由相信，此时声名已就的他鲜衣贵冕，正英俊风流。看他装备精良，弩劲箭坚；看他射技娴纯，目到矢至；看他身形俊秀、优雅从容，禽兽近身都难矣！

问君催驾之何处？原是破虏事方急！见国势之倾颓，忧戎夷之铁骑；酿满腔之激愤，凝心力于锋刃！慨然大义，难赡双亲，不念妻子，蹈死无悔。"视死忽如归"，何其壮哉！

终篇读罢，只见得那挺拔的身影清峻傲立。少年自称"游侠"，但却并非那类自诩英雄的浪荡闲人，而是应召出征的铁骨好汉。我不禁想及曹子建自身，这是否代表了他内心希冀的人生姿态呢？为何锦衣玉食、学富五车的曹孟德之爱子会有奔波征伐、仗剑远游的期盼呢？

让我们将历史的书页翻回那个诗意且荒唐的乱世，走到子建身边。其父南征北战，声威慑华夏；其兄才华横溢，野心勃勃。受此熏陶，子建素有"戮力上国，流惠下民"之志。可曹丞相怜子而护之，难以舍得令爱子奔伐游历；于是曹植以文字为丹青，勾勒出一幅游侠赴命图以抒怀明志。乱世烽火间，名宦光环下，动荡衰颓的社会现象和报国建功的热情志向激烈冲突，澎湃汹涌的功业情愫和千年罕遇的妙笔文才火热交融，终于生发出一曲忠勇并济的侠义绝唱、一首崇高精致的青春颂歌。

初粗览，只觉大气磅礴，铿锵有力；细品之后，方知句句精粹，字字珠玑。诗歌开篇直入题意，"白马""金羁"颜色亮丽，鲜活夺目。而这样珍奇高贵的坐骑与马具，足见其身份尊贵，令人猜想是谁家的富贵少爷？紧接一问一答，原来是游走幽并的侠客少年。自述身世不凡，年少扬名，旁人亦睹其剑术卓绝，敏捷勇猛。寥寥几笔，少侠的内外英气一览无余。"控""发""仰""接""俯""散"，一连串动作流畅自然；"猴猿""豹螭"，一系列比喻传神生动。笔触翩转、劲捷，如疾风卷云去，给人清爽快意的审美感受。

如同影片中的镜头升高拉远，言语忽及边境危机。视角转换到时代的大背景——神州动荡、中原困顿难支。国家征兵事紧迫，我等少年怎能袖手作壁上观？少侠的神色庄严起来，他想象着杀敌建功的场景，胸怀报国效忠的决心，激昂陈词。诗意层进，诗韵愈急，诗情更挚。子建连用诘问，壮怀激烈：但念为国，死亦无憾！

半言智勇双全，半言忠贞不贰，由表及里，由浅入深，少侠的形象立体鲜明，同时亦引人称颂敬仰。男儿志当护国卫民，"拿云"心事与此甚相合啊！比之太白《侠客行》，同为传世名篇，谪仙之飘逸灵动略胜，言语镶缀不输，但志怀胸襟、国家忠义之大节者，纵使诗仙也远不能及矣。

谢公"八斗"一评，传称百世，万人倾慕。穿过浩渺时光，我由衷希望能赠与子建一骑白马，看他秉弓四方，东西漫游，抑或勇剿杀敌，破夷报国。倘若他能如愿，或许更宏大真切的名篇就能源源不断，世人对其印象也不会拘泥于梦遇洛神的痴醉和煮豆燃萁的哭啼了。

保宁府赋

巴都故郡，保宁新府。南接果城，北属利州。引嘉陵之澄水，为皑皑之沙丘。一江环抱，缥碧如绸。

春和日晶，风暖气清，岸柳汀杨，郁郁青青。枝垂掬水，叶盛成荫；横柯欹桠，参差交映。早燕衔泥来去，旅人逸然悠游。或雨敲树顶，其声沙沙，春虫骤醒，嘤而成韵。斯时城初睡觉，稚矣新生。

至若夏水襄陵，渔樵江上，画舫徐移，扁舟东西。轻鲦竞跃，鸥鹭携鱼，浪驰疾疾，艳阳流金。群芳发而香弥，笑靥嫣而颜色富，迷之眼而沁于心。斯时小城嚣嚣，健矣壮年。

七月流火，斗转星移。黄叶簌簌，长秋渐入。天高云淡，烟霭景明。风兴瑟瑟，鸟转萧萧。至于八月既望，时值中秋，促织喧而长吟，皎月盈而泻银。斯时城中寂寂，婉矣姝女。

气更凛冽，悄入严冬。时维三九，雾生唇间。然天不雨雪，人不禁足，风不砭骨，日不敛芒，盖缘地处西南，山围四方，寒流罕至，冬亦温和哉！斯时周城安谧，渺矣如仙。

入城中，则四顾繁昌，百业俱兴。青石筑路，琉璃为檐。牌坊威肃，书烫金状元两对；中天矗立，指寰宇唯此一楼。店商高悬幌幌，招揽四方客朋；盲翁负琴游离，悲情诉诸弦端。缓步却览，千古风流。孔圣文庙，见仁师诲人不怠；翼德故祠，彰华夏英雄武仪。

翩然迁转，折入幽巷，空无人语，但闻足音，荫蔽之下，见黄发铺毡对坐，足边温茶。木桌陈旧，上刻棋盘，万籁咸已，子落有声。

盖夫阆苑之态，群岚排闼，流水若奔，清灵俊秀，空蒙似幻。晴雨更迭，春秋代序，然朝暮四时之景各有其意，是中深趣，但非天机清妙者而不能晓，岂能为尘俗之子得之？通明有言"欲界之仙都"云者，可以之称阆州也；而今世中能与其奇者，四海之大，有几人欤？噫！徒以酽茶为酒，属明月以倾酌。

时壬寅八月二十七日

水墨阆州

　　晨曦既露，涟动粼朗。草擎朝露，木浴曙光。玉台横卧，锦屏旁立。林翠竹青，簌簌声响；泉寒涧肃，冷冷韵长。

　　落晖渐去，夕日颓江；水映霞色，乔乔皇皇。

　　月笼阆苑，如雪如纱。绿丝顿皂，赤户陡黑，山则耸昏暗处，江则奔皎光中。

　　至于夏雨城溢，东西路阻。山径积水，细流众汇，叶洗缥碧，花重折腰，江面骤起，黄水襄径，甚箭若奔，浩浩汤汤。杜鹃鸟啼破晓雾，纺织娘相和雨声。

　　盖夫江之为状也：其色清粼素沫，烟霏云聚；其容涌湍叠跃，激岩鼓作；其气奔腾渌冽，砭人肌骨；其意流风蒸雷，腾虹扬霄。

　　盖夫山之为态也：其色褐翠替序，赤红青黛；其貌参差嶙峋，绵亘蜿蜒；其气峭寒凄邃，凛人心魄；其意飒姿英舞，雾绕霭萦。

　　风水保宁，曾盈王气，华胥故国，乃谓阆州。山铺锦绣，水含清芳。美哉，阆苑仙都！

夜话三则

雨夜

打个哈欠，昏昏地理好书稿，忽然被窗外的喧哗惊醒。一抬头，与瑟瑟的风撞了个满怀。今年的冬似乎特别慷慨，迫不及待地把自己奉献给十月。探出窗去，夜漆黑的笑掩住了雨的身姿，只余灯下几缕银丝飞旋舞蹈，如同轻盈的手指，拨动慌乱的琴弦。雨声落在梧桐叶上，落在铁棚上，落在胡跑的小孩头上，眉飞色舞，神气十足。

矗立于对面的大楼，站在街角，或许又要淋个整夜。对门的人家新装了屋子，墨绿的窗玻璃在黑夜雨声里诡异地清晰着，一层一层，铁栏横在窗外，赫赫逞威。洁白的墙砖列成整齐的方阵，偶有掉队的，露出了灰白的水泥。

有人骑车掠过楼下，车灯在雨丝的包围中骄傲地亮着，映射出一圈圈七彩的光晕，在夜幕中画出一道平直的虹，仿佛雨曾经在半山腰上做的美梦。

水塘渐渐积满，灯光一映，闪出树有些狰狞的影子。风停了，雨丝也直了，视线渐渐难以撩起雨帘，定了定神，却发现眼帘也快撑不开了，也该睡了。

睡梦里，雨声絮絮呼唤，鼓点悄然减弱，忽地止住。

冬夜琴声

我从小与乐器无缘。

家对面的窗户里，总会传出阵阵钢琴声。与其说那是音乐，不如说它是杂乱的音阶，那一个个音符仿佛都冲出琴键，三五成群地聊着天，完全不能构成一支悦耳的曲子。每当晚上读书时，嘈杂的琴声溜入耳内，吵得人心烦意乱。我只恨耳朵不能闭合，只能被迫聆听这"演奏"。

这天，黑暗压下来，我打开了台灯。忽然，琴声又响起了。这次我还没来得及捂住耳朵，却仿佛听到了天籁。音符整齐地排好了队，依次跳入夜色里。这琴声，时而如万马奔腾，时而如溪水欢跃，时而如叶儿簌簌，时而如晚涛阵阵。琴键自然地上下律动，跳着轻快的舞蹈。

琴声戛然而止，连同灯光消失在浓墨般的夜里。

路口

他是两条小巷的交会处，虽处在几栋矮胖大楼的阴影里，却神采奕奕。

四块单薄的路牌、一盆有些松散的花草、一盏勉力亮着的路灯，便是他的全部。

跟在妈妈身后，小女孩踉踉跄跄，"扑通"一下摔倒在地上。她小心翼翼地站起身，生怕母亲看到自己的狼狈样，目光直勾勾地盯着前面的背影，小手不停地拍去身前身后的灰尘，确认没有被发现时，又继续翘趄地跟着。

卖鱼的老爷爷挪了挪石阶上的屁股，露出个镶了花边的补丁。鱼盆里的家伙们不安分了，一个劲儿地要脱离"侯门"，一蹦一摆地挣扎。老爷爷无动于衷，只呆呆望着花店里那束娇艳的玫瑰，嘴角挂着微笑。一旁几个补鞋的师傅操着方言聊得起兴，其中一个拍着手大笑起来，眼角的疤痕被皱纹挤得更显眼了。

秋之美

九月一到，秋的脚步就近了。它带着清凉的露珠，娉娉婷婷地走来。古人说，秋有幽风，我赶紧闭着眼睛，张开双臂，捕捉这秋的气息。

河边，梧桐树叶变黄了，风儿一吹，叶子像一只只疲倦的蝴蝶，慢慢地飘落下来，落到地上，厚厚的一层。蚂蚁把这黄叶地当作运动场，它们抬抬胳膊，伸伸腿，像是在做广播体操。小朋友们踩在上面，发出"沙沙"的响声，像一支动听的乐曲，他们欢呼雀跃，可高兴了。还有那一棵棵柳树，虽黄叶纷落，却仍像一个个长发飘飘、亭亭玉立的姑娘，正在秋风里婆娑起舞。抬头看，大雁像一位出色的书法家，一会儿写出"人"字，一会儿写出"一"字，渐渐地消失在蓝天白云中。

田野里，稻谷成熟了，一片片稻海翻滚着金色的波浪；玉米特意换上了金色的新衣，咧开嘴笑了，露出满口金黄的牙齿；大豆也许太兴奋了，有的竟笑破了肚皮。

果园里，苹果有的害羞地躲在叶子后面，有的大方地露出整个身子，还有的半遮半掩，像个胆怯的小孩在好奇地看着这个世界；黄黄的香蕉像一条条弯弯的小船；晶莹的葡萄，一串串地在枝头荡秋千，太阳出来了，映得它们五彩斑斓。

金秋最引人注目的还是劳作的人们。人们忙着收割庄稼，一会儿挥舞镰刀，一会儿擦拭汗水，脸上满是丰收的喜悦。

秋天的美是成熟的，是沉甸甸的秋果，是美滋滋的笑脸。

秋天的美是理性的，是高挂枝头的枣的沉思，是散落草丛的菊的无言。

秋天的美是恬淡的，是清溪里的流水，随遇而安；是高天上的云朵，卷舒无意。

酒里江湖

"烹羊宰牛且为乐，会须一饮三百杯。"行走江湖，豪气荡胸，酌一壶烈酒，结几位挚友，快哉！金庸先生以酒为墨，写下了绚烂的江湖。

《笑傲江湖》中，令狐冲把自己浸在酒里，走遍天下壶为侣，名山大川杯作舟。在思过崖上的烦闷里，他以酒为伴；在受尽白眼被冤时，他靠酒振作；在失去爱情的苦涩中，他借酒浇愁。酒是他的挚友，是他的恋人，也是他重新站起来的动力，更是他坚持自我的良药。他的酒不似杨过的那般苦涩惆怅，但也装着自己的哀伤悲愁；他的酒不比张无忌的那样儿女情长，却盛有更多的钟情与苦恋；他的酒更比不上萧峰的那种豪迈痴狂，却也绝不失逍遥不羁。他是华山派的大弟子，永不受束缚。

有江湖，有酒，就有大侠。郭靖力守襄阳，护国泰，卫民安，是大侠；杨过同神雕义行天下，接困济贫，也是大侠；萧峰以一己之力化解大战，为民牺牲，亦是大侠。他们闪耀在江湖里，经久不衰。而令狐冲则更像是一个真实的人，一个璀璨星空之下平凡的人。他受到痴恋的羁绊，曾心如刀割；他也曾动过恶念，想占有许多。但是，他又拥有大侠美好的秉性，拿得起，放得下，绝不固执；受人之托，定忠人之事，言出必践；恩怨分明，以德回恩，以德报怨，即使身处是非之地，蒙受冤屈，也要坚持正义，不贪图荣华与名利，坚守自己的高贵。他说，若没有能力，便也无心去兼济天下，那么就独善其身，做自己的"大侠"。

除了酒，令狐冲最令人动容的便是他蒙冤时的豁达与风度。牵累尊敬的恩师，深爱的小师妹都不相信自己时，他仍未放弃自我。"走自己的路，让别人去说吧！"放眼现实，我们却常会因为某个小小的误会而暴跳如雷，甚至大打出手。有时，我们会被别人的看法左右，然而他人的看法不是评判我们行为的规尺，人要有"我就是我"的自信。华山派的大弟子也许曾蒙上阴霾，但不久之后，他自信的锋芒终将展露，乌云亦散，阳光朗照。

值得一提的是，这本书中并没有一个特定的时代。有江湖，无国家；有掌门，无王侯；有剑谱，无社稷。金庸先生跳出了时间的桎梏，他告诉我们，每个时代都有属于这个时代的英雄、这个时代的英雄不应千篇一律，大侠也该各有千秋。令狐冲，正如他的名字，冲出成见，打破常规，亦英雄，亦大侠。

令狐冲的酒里，浸着苦闷与失意，也盛满自在与逍遥。一曲琴韵，情悠悠意绵绵，与箫相和，笑傲江湖。

读《世说新语》有感

　　历史的长河，在华夏大地上，已流淌了五千年。一朝朝盛世风雅，一代代战中悲歌，每一世文赋诗词无数，每一位墨客骚人留名。我们见证了才华横溢的文人墨客，他们如明星般点缀在中华五千年文明的天空之上，历经岁月的打磨，愈发耀眼夺目。

　　细阅这皇皇文化史诗，有一段尤为特别。它没有《史记》《资治通鉴》那样的巨著鸿篇，也并非出自太白、东坡那般仙谪入尘的圣手，然而，建安风骨在那片天空下蓬勃发展，颍川名士在那段岁月里大放异彩，魏晋在刘宋王爷们的字句间熠熠生辉。

　　汉末三国分立，烽火连天不休。羸弱的大一统政权没能经受住外忧内患的侵袭，短短几十年，不可一世的司马王朝分崩离析。局势动荡，晋室南徙，连年纷飞的硝烟中，如此极端的环境下，孕育出了一群奇人，历史上称之为"名士"。

　　他们端坐于帐中，高谈阔论。"清谈"成为士人才学见识高低的评判标准，成为名士之间永恒的言语主题。在他们口中，玄理被推为世上准则，在汉武帝罢黜百家之后，老庄之道又重获生机。后世虽有人批之，说其"不务实际""天马行空"，但是，山河动荡，人心惶惶，一席谈话，已是人民内心最廉价、也最高雅的慰藉。

他们挥毫入木，作文赋诗。谢家女临风咏絮，曹子建七步成诗。王澹斋有"飘若浮云，矫若惊龙"之妙笔，钟繇书群鸥戏海、舞鹤游天之巨椽。"蓬莱文章建安骨"，魏晋的文字飘逸流畅、华丽风雅。才高八斗，着白马之书生意气，颂洛神之绝天丽颜；潘江陆海，倾于悼妻之苦楚，涌于《平复》之字间。

他们曾少有高瞩，妙语连珠。"想君小时，必当了了"，反讽来人，灭其威势；"战战栗栗，汗不敢出"，临尊未惧，思虑巧捷。君父之名，如桂树生于泰山；融从容待捕，巢覆之卵岂能完好？生长于士人家庭，从小受名士风流熏陶，年少的"大家子弟"们，已然对谈高士名宦而如流，面访万人之尊而不惧。

他们察言观色，明于见世。王导破元帝之谋，保长子绍为储；王戎察路边果之数，即断李之涩味。晓畅人心，捷断事理，所以轶事久传，为后人津然乐道。

刘义庆撰《世说新语》一书，非一时之雅兴，乃为长年积累，终汇成籍。我们已无法再见那些悠然自适的笑貌，听闻那字字珠玑的妙谈，而俯首于浩繁的书海，读到这些生动的文字，也不免拍案叫绝，醉然神往。在冰冷的史书上，魏晋拥有"混乱""消极""苦难"的标签，而从《世说新语》中，我们看到了高简瑰奇之纪行、鲜活细腻之摹貌，我们读出了身处动乱却依然享受生活的人们对于渺渺生命的热爱。

眼睛

她有拨开历史风尘的睫毛，她有看透岁月篇章的瞳孔。

——食指《相信未来》

歌声戛然而止，屏幕陡然一黑。浮现在我眼前的，却是无数双眼睛。

那是李守常的眼睛，在黑暗中炯炯有神。正以难以遮掩的光芒，向黑腐的旧中国刺去，似要将其脱胎换骨。如今，时逾百年，"红花的种子"早已长成，开遍神州大地的鲜花，正在生出新芽。

那是彭士禄的眼睛，正欣慰地注视着核潜艇与核电站。九十六年的热血倾洒于这片土地上，吃百家饭长大的孩子，用一生的智慧守护"百家"。先生千古，国士无双。

那是蓝蒂裕的眼睛，正热切地期待着春天。一首《示儿》，传诵南北；一身忠骨，铮铮不屈。现在，满街已无狼犬，春光欣然照耀，祖国的荒沙终于变成美丽的园林。

那是拉齐尼的眼睛，含纳了高原上的一片片雪、一座座山。四代人的坚守与传承，国境安泰，赤子之心永存。

这一双双坚毅的、冷静的、炽热的眼睛，仍在注视着复兴路上的中国，注视着后辈们。血脉相承，新时代的我们应当拥有怎样的眼睛？

　　我们的眼睛应当看到光明与理想。"俱怀逸兴壮思飞，欲上青天揽明月。"没有理想的人，就像一艘无舵的孤舟，终将被大海吞没。理想为少年指明方向，照亮漫漫人生长路。中华民族千年飞天梦不坠，为此，无数技术人员青丝变白发，风华换梦圆。于是，有了杨利伟太空漫游，有了翟志刚太空漫步，有了"嫦娥"月球着陆，理想的引擎推动中华民族梦圆飞天。理想是石，擦出星星之火；理想是火，点燃希望之灯；理想是灯，照亮奋斗之路；理想是路，通向光明的远方。

　　我们的眼睛应当盛满清澈的勇气。拥有丰满的理想，就要用双手将它变为现实。无论路途多么坎坷，不管荆棘如何茂密，仍秉持信念，目视前方。若将智慧比为剑，则勇气即挥舞它的有力的手。披荆斩棘，冲破险阻。丽江华坪女高的张桂梅校长，以坚强的毅力、博大的勇气与胆识，拖着患病虚弱的身子，托起了无数大山女孩的"梦境"。青年人自当以梦为马，以勇为鞍，在广袤的未来之原上驰骋，不负大好青春。

　　我们的眼睛应当看向宏远的未来。少年鲜衣怒马，欲酬壮志，定须不拘于时，眼望前路，勾勒自己的未来。眼界决定境界，没有清晰的路线与认知，这样的未来就只能是浑浑噩噩，无为而终。

　　我们的未来终会到来，也终将逝去，我们就更需要相信未来人们的眼睛，对于我们无悔的生命，对于我们的满腔热血，他们一定会给予公正的评定。

　　就像食指的诗中说的，朋友，坚定地相信未来吧，热爱生命，让我们的眼神坚定起来！

响

在这世间，生命定是有回响的。

——题记

早晨，伴着晶莹的雨珠，我独自徘徊在空旷的草地上。脚下是绿色的，眼前是绿色的，心中是绿色的，就连呼吸的空气也是清新的绿色。

雨后的一切，是那么可爱。一只小虫，挺着一身坚硬黑甲，鼓着一对大眼。我想它一定饿极了，身体虽小，但仍精神抖擞地寻找着食物。

成堆的蚂蚁出现在它眼前，它喜形于色，贪婪地爬向蚁窝。蚁群显然感受到了危险，可又无可奈何，只能看着甲虫一步步逼近……

突然，蚂蚁们开始聚拢，几十个一群，成批地涌向甲虫。排山倒海般的气势，似乎震慑住了甲虫，它没有再向前。一个个英勇的蚂蚁战士，排好阵形，整齐地奔向甲虫，声势浩大。可正当这攻击顺利进行的时候，甲虫张开了"血盆大口"。数只蚂蚁勇士落入了深不可测的黑洞。黑洞吞噬了许多"蚁兵"。我本以为在经历死亡后，蚁群会放弃挣扎，坐以待毙。然而，我看到的是一次次败下阵来的坚持，是一次次的前仆后继⋯⋯

终于，实在撑不住的甲虫闭上了嘴。趁着这小小的空当，小蚂蚁爬到甲虫前肢上拼命地噬咬。甲虫被咬得无奈，只能跌跌撞撞地低低飞起，蚂蚁们又爬到它身前开始咬、啃、蜇，甲虫又狡猾地落下，压死一群蚂蚁，并试图逃走，但立刻又有更多的蚂蚁来咬它⋯⋯一瞬间，尸横遍野，甲虫被肢解了，可蚂蚁们为胜利付出的是"成百上千"条工蚁的性命。

我很是费解：一只甲虫顶多吃下数百只蚂蚁，蚂蚁为何要为了对付甲虫付出更多性命呢？

我在蚁穴后的草丛边找到了答案。

虚弱的蚁后正躺在草丛中，身后是数不清的蚁卵，一只又一只勤勉的工蚁正小心翼翼地护送着蚁卵。

雪

"忽如一夜春风来，千树万树梨花开。"生在南方的我，最憧憬那一片纯洁的白色。

灰暗的暮色中，飘来一群小精灵。它们穿着洁白的衣衫，戴着六角的帽子，好看极了！它们就是冬天的主角——雪。

雪，像一位位穿着银白色纱裙的少女，伴随着只有心灵才能感受到的仙乐，在凛冽的寒风中婆娑起舞。雪花晶莹剔透，每一片微小的雪花都各不相同，它们从天空中纷纷扬扬地洒落到大地，代替了往日的草翠与花开。哦，美丽的小雪花。

雪，像一个个顽皮的孩子，在大地上嬉戏着，它们为大树穿上了银装，为大地裹上了白地毯，为小朋友们开辟了新的游乐场。小朋友们在又松又软的雪地上打雪仗、堆雪人，在冻结的河面上溜冰，别提有多高兴了。小雪花看见了，一定也很高兴吧！哦，调皮的小雪花。

雪花飘飘，轻轻地落到树枝上，仿佛在安慰树枝不要因为失去了绿叶而伤心难过；雪花飘飘，轻轻地落到娇嫩的麦苗身边，仿佛是在用自己的身躯为麦苗挡住寒冷的北风；雪花飘飘，轻轻地落到人们身上，用自己的美丽给人们的生活增添诗意……雪花轻轻地飘，又轻轻地落，是为了不打扰人们甜甜的梦啊！哦，善良的小雪花。

瞧，人们看见雪一片一片地下，仿佛已经看见丰收的景象。"瑞雪兆丰年"，这不正是小雪花的赠礼吗？

谢谢你——亲爱的小雪花！

一件难忘的事

这个暑假天气像发烧了一样，高温，高温！热得鸡耷拉着脑袋，热得小狗吐着长舌头，热得人们不知如何是好。

这天，爸爸让我下楼帮他买东西。街上，火辣辣的太阳仿佛喝醉了，脸蛋儿红扑扑的。汗水，像虫子一样爬满我全身。这不仅让本来丰富多彩的假期变得像白开水一样平淡无味，还让人烦闷，急躁不安。

突然，一辆摩托车从我身旁飞驰而过，就像闪电一样迅速。紧接着，身后传来一阵痛苦的呻吟，我连忙回头一看，一个老奶奶坐在地上，一个叔叔正对她破口大骂："你过马路不走人行道，还不看路，你找死呢？"

"什么？你撞了人，你还有理了？"老奶奶也不好惹。

"怎么，想讹钱呀，想打架呀？"叔叔说着，挽起了袖子。

没想到，老奶奶竟坐在地上撒起泼来："快来看哦，一个小伙子仗着年轻欺负老太婆哦！"而叔叔则恶狠狠地挥舞着拳头，厉声呵斥她闭嘴。可老奶奶就是不听，还大喊大叫。

围观的人越来越多，让我惊讶的是竟无人劝架，大家在旁边讨论得很热闹。目睹了整个事件的我，由惊讶转为愤怒。明明两人都有错：叔叔撞了人，一句道歉的话不说，还恶语相向；老奶奶不遵守交通规则，还坐在地上耍赖皮。他们吵架时的表情是多么丑陋，让人厌恶。我实在看不下去了，转身离开。

太阳依然热烈，可不知为何，我背后凉凉的……

滑雪记

寒冬没有白雪，就像阳春没有红花，盛夏没有烈日，金秋没有硕果，总少了几分韵味。生长在南方的我，最是憧憬那银装素裹的世界。

假期的一天，爸爸说："去西岭雪山滑雪吧！""耶！可以去玩雪喽！"我大叫一声，一蹦三尺高，异常兴奋。

在我的记忆里，雪又松又软，还很粗糙，怎么滑呢？怀着这个疑问，车渐渐驶离了城中闹市，向没有高楼大厦的安静郊区进发。

到了西岭雪山，举目一看，好一片白！树枝上开着"雪花"，挂着"雪珠"，一条厚厚的雪被从峰顶一泻而下。我们坐上了缆车，"嗖"的一下就到了山顶。在山顶上，我玩了狗拉雪橇。一只只健壮的狼狗拉着雪橇，满雪地跑，在雪地上留下了一朵朵"大梅花"，不时还有狗毛飘落。我坐在雪橇上摇摇晃晃的，这些狗这边来个漂移，那边来个急刹，把人们弄得哭笑不得。跑完后，它们还得意扬扬地摇着尾巴。

雪山上的玩乐项目挺多，但我心心念念的还是滑雪。

我拽着爸爸妈妈来到滑雪场，只见一片白皑皑的雪坡上，晃动着许多黑点（人影），那黑点像极了冰激凌店里的奥利奥麦旋风。我太想一试身手了，撒开腿跑去租装备。滑雪的装备有滑雪鞋、雪橇板、滑雪棍。我们戴好护具，踩上雪橇板，脚步笨拙得就像一只只机器鸭，我们摇摇晃晃地开始了滑雪。一旁的教练说，上山时，脚步呈外八字，膝盖并拢，微弯；下山时，两脚平行，若要"急刹车"，两脚就呈内八字；想要定住时，就把雪橇棍插进雪地里。

按照教练教的方法，我一步几摇地向坡顶走去。妈妈在我前面，她穿了通身的黑衣服，顶着一个红帽子，像一只红头黑身的企鹅，正弓着背，努力向上爬，只见她"走一返三"，艰难得很。看着妈妈这副模样，我不禁"扑哧"一声笑了。突然，妈妈一个趔趄，向后倒去，带着哭腔叫道："哎呀，老公！"我急得大喊："爸爸，快去救妈妈！"谁知，我这是泥菩萨过河——自身难保，我也四仰八叉地躺在雪地上了。我努力站起来，手脚却不听使唤，还是一个叔叔从旁拉的我。才刚站起来，我又摔倒了。多次反复后，我终于爬到了高处，从上面往下滑。我把两根滑雪棍向后一抡，像抛掉了束缚，长出了翅膀，耳旁的风呼呼作响，我像一只小小的鹰飞下来了！这时，我仿佛卸去了冬日的厚重与寒冷，十分惬意！

昏暗的天空又飘起了雪花，似乎在告诉我们，快乐的时光总是一闪而逝。望着满山白雪，我恋恋不舍道："再见了，雪！"

人间九月天

  金秋时节，瓜果飘香。天高气爽，云淡风轻。多么舒适的天气！人们伸个懒腰，打个哈欠，揉着惺忪的睡眼出门，一闻到秋天的芬芳清香，立刻清醒了许多。鸭子们也不例外。鸭妈妈也趁着这个好时节，带着她的几个稚气未脱的心肝宝贝儿出来见见这个奇特与精彩的世界。

  一路上，小鸭子们打打闹闹，时而扇动翅膀，展翅欲飞；时而"嘎嘎嘎嘎"乱叫一气；时而队列整齐，飞奔向前方；时而东张西望，左顾右盼，玩得不亦乐乎。不大一会儿，一群鸭便来到了繁华的街头。

  小鸭子们见到街道上那些行色匆匆的长着四个轮子的"怪物"，兴奋得直拍翅膀，四处乱叫乱跑，还绕着树玩儿，摇得银杏叶哗哗作响。

  突然，只听见扑通一声，两只小鸭竟然"人间蒸发"了！后面的鸭子吓了一大跳，炸了营似的四处乱窜，鸭妈妈也大惊。她急急忙忙跑到那个"不祥之地"，才发现原来这两只小鸭失足掉入了下水道。井太深了，鸭妈妈试了好几次都没能把它们拉上来。

  鸭妈妈沉着冷静，迅速把余下的"小顽皮"们聚集起来，以免跑丢，同时吸引行人的注意；自己则去寻找能够帮助小鸭子脱险的人，立刻行动！

鸭妈妈紧张地四下寻找，终于见到了一个身着制服的巡警。鸭妈妈就像见到了救世主一般，急忙跑上前去，"嘎嘎"地叫着，扁平的鸭嘴紧紧咬住巡警的裤腿直往前拖。巡警以为鸭子是在跟他开玩笑，就漫不经心地把鸭妈妈一脚绕开。

鸭妈妈见状，可真急了。这是"鸭命关天"的大事啊！一想到自己的宝贝儿正艰难地支撑着身体，用微弱的力量与肮脏的激流搏斗，鸭妈妈就十分心痛，竟然从喉咙里发出了悲愤的鸣叫，惊得一旁的银杏树撒下一地金黄的小扇子。巡警这才发觉这事非同寻常，匆忙跟着鸭妈妈来到了出事地点。

巡警俯下身子，向井里张望，呀，小鸭子们马上就要被污水冲走了！他环顾四周，没有同伴，也没有渔具店。于是，他挽起了衣袖。不管三七二十一，救小鸭的命要紧！巡警一手在井旁撑着身子，趴了下去，一手迅速地伸进下水道，向里一捞，救出了就快要被冲走的两只小鸭子。污浊的水浸湿了小鸭子们的羽毛，也浸湿了巡警的手。他又端来一盆热水，给两只小鸭子把身子洗得干干净净。车子都停了下来，车主竖起大拇指，行人驻足观望，路旁的银杏树叶也在为这个善良、乐于助鸭的巡警喝彩。

"嘎——嘎——嘎——"，鸭子们整齐地大叫着，那音调像极了"谢——谢——"。那最小的鸭子埋下了头，好像鞠躬一样，可爱的样子惹人发笑。

"唰唰唰，唰唰唰，唰唰唰"，又有一片片金黄的银杏叶悄然落下，又一个动人的故事开始了……

大房子里的"草房子"

第一次遇到《草房子》，是在书店，我偶然间翻到的。

那天，和妈妈一起去闲逛，我见这书名挺有趣，而作者曹文轩又是妈妈很喜欢的北京大学的教授，我两就一致决定带它回家。

这书中，每一个故事都扣人心弦，每一个细节都宛在目前。它主要讲了男孩桑桑刻骨铭心的六年小学生活。在桑桑生活的这片油麻地里，六年中发生了一连串看似平常但又催人泪下的故事。有因头秃而被称作"秃鹤"的陆鹤，他渴望得到别人的尊重；有只有母亲没有父亲的纸月，她喜欢细腻地吟诵诗词；有与油麻地小学乃至当地政府作"持久战"的秦大奶奶，最后，她永生在救南瓜的艾地里……

我最喜爱的是那个叫"细马"的男孩儿，他是邱二爷领养的孩子，性格倔强，语言有障碍，常惹祸，不愿去上学，很难与人相处，邱二妈几次三番想送他走，他终究没走成。可他在邱二爷去世、邱二妈老去时，以一个被领养的孩子的身份，撑起了这个残破不全的家……读到这儿，我不禁眼泪哗哗。

正是读《草房子》，我还闹了个不为人知的笑话。

那次，我在看书，妈妈在房间里读诗词。见时间不早了，妈妈就让我烧水洗脚。我拿着书，一边看一边烧水，不亦乐乎！水烧好了，我刚好看到桑桑要外出去河边洗脸的部分，于是，我就把水倒进脚盆，搓起脸来。洗完了，又坐回沙发上，继续看。直到妈妈从房间出来，走到客厅见我还津津有味地看着书，问我："洗脚了吗？"我这才如梦初醒，挠挠头，不好意思地说："没呢，看书了，洗错了。"妈妈笑我是个马大哈，并且哈哈大笑着去找爸爸了。

其实，这是因为《草房子》里的很多语段都是意味隽永的，只有一个字一个字地细细品读，才能发掘出它更深层次的美感。这样细读，阅读的速度就会慢下来，就需要见缝插针地争取更多的时间来读书。

《草房子》中有许多美：风景美、风俗美、人性美。读完它，我一闭眼，脑海中就会浮现出一幅江南风情画：金色的草房子、青青的艾叶、静静的大河、一望无际的芦苇荡，初出的阳光扭着腰肢，慵懒地踢踏着……

如果我的读书生活是一篇乐章，那么《草房子》就是其中最令人愉快的曲子，它清新、柔美，洋溢着纯粹的温暖，如同时空穿梭机，将我带到油麻地这个宁静的小镇，期待着明天又会有怎样美丽的故事……

狼性之歌

结怨

此时，草原已成为名副其实的冰天雪地。放眼望去，白茫茫的一片。大片雪地上唯一的一棵小树，在凛冽寒风的抽打下痛苦地呻吟着。

奈莫带着它的狼群横穿而过。它只过了五个这样的冬天，正是年富力强的时候。只见此时它后腿微屈，前腿向前伸出，摆出向下俯冲的架势，两只眼睛里发出幽幽的绿光。它的毛色有些灰暗，唯有尾巴是雪一般的白色，闪着银亮的光。它的身形有些消瘦，看得出来它很久没吃东西了。可是，想在这银装素裹的世界里觅食，几乎是不可能的。野兔被猞猁逮光了，老鼠也没它们的份。大大小小几十匹狼，已经游荡了一天一夜，连根动物毛也没见着。奈莫是狼王，它不能眼睁睁地看着狼群一点点变小，它一定要找到食物。

夜幕降临，空气中竟有危险的味道。月色下，隐隐有几个人影。它还没来得及嗥叫，枪声就打破了宁静，群狼的惨叫淹没了它的低吼。血，渗进冰雪中，飞溅在月光下，凝成仇恨的种子，埋进它的心底。它带着几匹幸免于难的大公狼，奔驰着，消失在朦胧的月色里……

复仇

春回大地，万物复苏。春姑娘踮起脚掠过树顶，带来生机与绿意。群马疾驰，牛羊欢跃，处处朝气蓬勃。小树伸展着翠绿的枝条，好像在庆幸自己熬过了一个寒冬。

如血残阳引领着狼群。奈莫仔细地嗅着，那是仇恨的味道。它带着同伴，低吼着一点点逼近那个院落。"呜——"，它一声啸叫，率领几匹身强力壮的大公狼奔入屋内，将猎人围住。突然，它纵身跃起，将其中一个猎人扑倒在地，双爪紧紧按住猎人的肩胛，并一口咬断了他的脖颈，其他猎人立刻抄起枪。它反应迅速，夺门狂奔而出，伙伴们却已葬身枪口。它跳上一块巨石，看见仇人已经追来。

在它的背后，还是这如水月光，还是这轮明月。

"嗷呜——"，它远眺明月，长嗥一声。

血，绽放出花儿所没有的鲜艳。

五月的红

　　五月的清晨，晨曦微露，东方吐出鱼肚白。不一会儿，朝霞铺满天际，一层层，一片片，红彤彤，亮闪闪……

　　窗前，我正在系红领巾。我穿着白衬衣，一抹鲜红飘扬在胸前，格外夺目。这道红色，似乎是一丛山谷里的玫瑰，又仿佛是国旗的一角，更像是英雄们胸前绽放的"血花"。

　　手握红领巾，想起我们的阅读课"红旗飘飘，引我成长"，我不禁思绪翻腾，感慨良多。

　　祖国母亲的发展史是一部壮丽的史诗。回首往昔，困苦与骄傲是并存的。俯身沉思，思接千载。鸦片战争打开了我们的国门，从此，国家风雨飘摇。战争的炮火不曾间断，祖国河山惨遭蹂躏。可我们的革命先烈，存傲骨、抛头颅、洒热血，驱逐外患，守护安宁。虎门销烟的林则徐、甲午海战捐躯的邓世昌、要求坐死刑场的吉鸿昌、临危不惧的王二小、坚贞不屈的赵一曼、浴血奋战的赵尚志、视死如归的刘胡兰……巍巍青山，处处埋忠骨，马革裹尸哪需还？

　　英、美等国常存瓜分、殖民我国的心态，及至震惊中外的"九一八"事变爆发。殊不知辛亥革命早已开启民智，面对民族危机，我们已经觉醒，自强救国，及至迈出二万五千里长征路的步伐。在长征途中，三军将士面对苍茫雪山、无际草地，任凭处境如何，难以改变红军将士的志向。在前有敌人、后有追兵中杀出重围。天地悠悠，怆然泣下，念先辈为民血洒河山，我又紧了紧胸前的红领巾，那红色似乎更鲜艳了。

沉沉暗夜渐渐变亮，厚厚冻土慢慢融化，一粒梦的种子，深深植根，悄悄萌发，这就是民族复兴的中国梦。新中国成立后，祖国母亲抖落历史的尘埃，抛下昨日的枷锁，理想的火焰照亮四方。"忽如一夜春风来，千树万树梨花开"，全国人民团结一致，迸发出排山倒海的力量，谱写出"敢教日月换新天"的宏伟篇章。一步步，一代代，汗水与泪水，理论与实践，造就累累硕果。小平爷爷，南海画圈，指明改革的方向，带来蒸蒸日上的好生活。习近平爷爷字字铿锵，亮出沉潜的豪情，全面小康，逐梦世界！奥运会、世博会、G20杭州峰会，"一带一路"，一路发展，一路收获，掌声赛过雷鸣，欢呼惊动云霄，祖国母亲光芒四射。

习近平爷爷说，要振兴中华，要让爱国主义精神扎根于青少年心中，要培养爱国之情，砥砺强国之志，实践报国之行。我紧紧捂住胸前的红领巾，暗暗发誓要牢记习爷爷的教诲，热爱祖国，树立远大理想。

我是新时代的少年，我要用我的肩膀担起责任，我要继承先辈的遗志，不改初衷，好好学习，时时向上。我是新时代的少年，要向着明天振翼翱翔，迎着朝阳骄傲歌唱。

一道金色的光破窗而入，映照在我胸前的红领巾上，那一抹红愈发鲜艳了。伴着微风，红领巾舒展地飘扬在我胸前，彰显着我红色的心！

老爸，我想对您说

　　冬夜的黑暗侵蚀着家里的每一个角落，唯独在一间小屋门前畏缩不前。那里，您手里衣物上的白沫在光照下显现出七彩的晕圈，随即被不停搓动的指尖弄破。冰凉的水珠裹满掌心，您却仍握紧晾衣竿。水关，灯熄，您这才"轰"地坐下，躺倒在床上。

　　多少个夜晚，您都会如此作息。洗衣间和厨房，就是您的两大阵地。锅碗瓢盆的位置，您无比熟悉，就像琴师眼中的乐谱。

　　"呼呼——"，抽油烟机怒吼，您系上围裙，开始演奏。打开橱柜，捧出一摞碗碟，用力一端柜门，潇洒作响——这是低沉的"do"；将菜清洗，用手抠去污泥，撕下黄叶，两掌轻拍，水击槽壁——这是敏锐的"re"；菜上砧板，舞起大刀，"突突突"将它们切成数段，"咚咚"是"mi"；接着手挥尖刀，"哗哗"划过果皮，错落成"fa"；按钮转动，火起，锅至，油溅，菜跃，水浸，勺颠，焰舞，灵动的"so"登上灶台；咕嘟水开，锅盖耐心压制，稳重的"la"踩上收汁的鼓点；俏皮的"si"故意姗姗来迟，在盐与芝麻的相衬相迎中翩翩下坠；最后，"do"摆出老大威武的气势，在腾腾白气里滑入碗底。您一抹汗水，端盘上桌，被烫到的手指连忙缩到耳垂下。您一声令下："开饭！"三个人的闲聊声便把刀伤、烫伤一股脑儿打发了，只是您手上的茧子嘛，有些顽固。

记得我生日那天，您和妈妈专程从外地赶回来，用美味丰盛的饭菜荡漾起一个孩子的笑脸。那泛青的香菜、黑溜的海带、青色的萝卜还有香辣的肥肠，在一家人的欢声笑语中消失殆尽，并不高的房间温度却温暖了我一整夜。

还有，小时候我怕黑，一个人在家时就把每个房间的灯都打开，您一回来就一个个全关掉，一边关灯一边嘴里数落个不停。我躲在被窝里狡猾地笑笑：嘻嘻，又可以赖到很晚才睡觉了。吃饭时，卫生纸扯得太长，您会说我；洗手时，水淌得太久，您要说我。还时不时搬出我那素未谋面的外曾祖母来唬我，我就毫不在意地嘀咕几声，有时甚至顶几句嘴。那么小的我，竟敢挑战您的权威，现在想来，那时我也真是太调皮了！

如今，您倒不再威风地对我吼叫，发际线也退居二线，额头已经开始抢鱼尾纹的风头了。身高本来就不高，也别弓着背啦！说到底，我要谢谢您生我养我，爱我育我，是您使我渐渐成长为一个大写的"人"。

嘿，老爸，不说了，晚安！

自在布谷处处鸣

黎明，晨曦冲破黑暗，给天边镀上一层彩金。云伸了个懒腰，一不小心，打翻了太阳的颜料，染红了衣襟。

穿上暗褐色羽毛大衣的我，睁大黑亮的眼睛，扑棱着翅膀，飞入林间，去寻找今天的口粮。我们布谷鸟家族世代在这里生活繁衍，见惯了林场里的日升月明。嘘！这里正好有一只肥嘟嘟的松毛虫，今天可真是好运气！我欢快地叫着，笔直地向下俯冲，我又把尾巴一提，虫子就离开了地面。我轻轻落到树梢，一边品味着肥美的虫子，一边欣赏这片浴火重生的林场。

那一天，阳光明媚，我唱着动听的歌曲，小溪跟着我的歌声欢快地奔跑。突然，"咔嚓，咔嚓，嗞——"，林场里传来了一阵阵不和谐的音调，那是金属与自然生物相摩擦而发出的声浪，它唤起了每个生灵心中深深的恐惧。

"轰——"，大家正在沉思，一声巨响打破了寂静，噩梦降临了！一群强壮的人提着带有锋利"牙齿"的"怪物"，像饿狼捕食般朝一棵棵古树扑去。"嗞——轰"，声声巨响后，一棵又一棵大树应声倒地。在树上筑巢的小动物们惊慌失措，闷头逃窜；花儿、草儿伏下身子，瑟瑟发抖；褐黄色的树根孤寂地站立着，木屑纷飞……

渐渐地，这里荒芜了，动物们也一群群地饿死，唯一能吃饱的只有人类的钱包。自然爷爷看着儿女们自相残杀，万分心痛。

这天，沙尘暴袭来。狂风裹挟着黄沙，掀起尘土，狞笑着逼近一个个村庄。顷刻间，华丽的屋宇被漫天沙尘吞没。人们毫无招架之力，无处可躲，抱头痛哭。曾经威风八面的那些"怪物"也被掩埋在黄沙中，被遗弃在废墟里……

终于，人们悔悟：只有尊重和感恩自然，才会有美好的生活呀！他们扛起树苗，提着水壶，悉心照料着重获新生的林场。我们布谷鸟家族也来帮忙，杀死害虫，报告时令。一个新的家园诞生了：孩子与野兔比赛跑步，鸟儿和炊烟一同醒来，风儿和着溪水放声歌唱，花儿随着音符把花瓣轻摇，一棵棵挺直的小树迎风律动，像一群清俊的少年翩翩起舞。有一次，一个小男孩用弹弓射下几只小鸟，正要玩耍，他父亲连忙赶过来，夺过弹弓，又小心翼翼地给鸟儿包扎好伤口，放飞了。

虫子吃完了，人们的歌声把我从回忆中拉了回来，向着朝阳，我跟着他们一起唱："布谷——布谷——"

路

　　我是一条路。

　　当年，这里还是一片荒山。勤劳的人们，用那粗糙的农具一点一点将黄土刨开，我终于找到光亮。我感激地望向他们，那辛劳的汗水浸入我的身体，我静静地聆听镰刀与铁锹"叮叮当当"的呐喊。从此，我开始忙碌起来。每天都有不同的人踏在我身上，牧童的短笛和着清风流水，小狗的吠叫呼唤着旭日东升，板车的轮子轧过黄泥，小麦、高粱、大豆等作物带着丰收的喜气。我痴痴地凝望着人们清澈的笑容，真想同他们一起欢呼！

　　身旁的小树渐渐拔高。突然有一天，一群人来到我的地盘，给我穿上了水泥制作的新衣。新衣是灰白的颜色，淡雅、朴实。"哞哞"的牛叫，已经成为往事。这时候，拖拉机正在"占领高地"，它的轮胎亲昵地吻着我的面颊，它自豪地扬起灰烟的旗帜，骄傲地发出"突突突突"的轰鸣，慢慢消失在暗红的残阳中。

　　日月轮回，春秋更序，我的身旁赫然矗立起高速公路的标志，我知道我已经跻身高速公路的行列啦！各式各样的汽车——奔驰、兰博基尼、玛莎拉蒂等从我头顶掠过，或留下一声悠远的汽笛，或飘出一阵爽朗的笑声。人们在旅途中释放压力，引吭高歌。道路维护工作人员一直做着护理我的工作，从不懈怠，我时时光洁如新。我两边的栏杆也称职地挺立着，与我一起护送着车辆。"呼——呼——"，风呼啸着，撩动一旁的树的发梢。

如今，我已经担起了无数根枕木，跟随铁轨蜿蜒前行。"轰——"，"复兴号"疾驰而过，惊起栖息于树林中的鸟禽。车厢里，有前往都市追寻五彩梦的年轻人，有奔向边疆保家卫国的战士，有赶往乡村实现全面小康的乡村振兴工作者，有驻守列车守护乘客安全的警务人员……无数个使命，千万个目标，人们一同盛装奔跑在这绵延的铁路之上，共同见证祖国的富强！

而我，仍是一条中国的路，一条由神州大地通向世界各地的路！

巍巍阆山　清清仙苑

色熠熠以流烂兮，纷杂错以葳蕤。煌煌兮仙苑阆中，幽幽兮文化民风！

嘉陵春晓

水鸟带着朝霞滑过水面，漾起层层涟漪，溅起一片晨曦。鱼儿惊慌地逃窜，搅扰了柳影的梦。巨石静静地伫立江边，好像在回味着被江水拍打的乐趣。滨江路上的围栏挨挨挤挤，一同沐浴在明媚的春光里。人们漫步江边，三三两两，步入青绿山水的怀抱。孩子们嬉闹着，跑到水边洗洗小脚丫，钻到树下看蚂蚁爬呀爬。

尘世的喧嚣远去了，无数生命随着温婉的江水一同奔跑，一齐绽放。远望天际，太阳微笑着，原本纯净的白云消失在彩霞的浓妆里。

本源墨涌

午后的暖阳，落在朴素的青石板上。孔庙里，一群孩童俯下身子，双手平举至头顶，左手在上，右手在下，左手奋力摁住右手，屈着拇指，眨巴着眼睛，纯纯地向那位至圣先师行礼。紧接着，庙中传出一阵诵书声："三尺剑，六钧弓，岭北对江东……池中濯足水，门外打头风……"稚嫩的童音如珠落玉盘，让人"如听仙乐耳暂明"。大殿一旁，历代阆州名宦也细听着小天使们的声音。

而中天楼下，一场没有硝烟的"战争"打响了。刹那间，喧闹的街道安静下来，只听得清脆悦耳的落子声。民间爱好围棋的朋友，身着汉服，正与职业高手过招。黑白两色在棋盘上交错厮杀，明枪暗箭，你来我往，时而有懊恼的叹息，时而有愉悦的高呼。

此时，江畔的本源堂内也是人声鼎沸。飘飘长衣，翩翩少年，凝神抖腕，为那一幅幅字画而努力着。饱蘸墨汁的笔，在纸上跳起轻快曼妙的华尔兹，勾勒出若隐若现的田园；刚劲的字如龙腾云外，似凤翔九天，激起声声赞叹！

玉台高阁

玉台山山脚，广场上。

这里是广场舞大妈的"战场"，每近黄昏，数支队伍就整齐地准时到来，像蝴蝶一般在古树下翩翩起舞。她们满面红光，脸上洋溢着欢笑，和着音乐，别提有多带劲。水池中央的假山也想舞动身子，只可惜生得太笨拙，只好老老实实地做个观众。

顺着石梯向上，"滕王阁"三个大字映入眼帘。阳春时节，满山青葱。一夜之间，樱花全都笑了，漫出枝丫，迅速占领整个山头。拾一朵落红，细数精致的纹理，粉色的花朵如同天使的翅膀。微风拂过，落红打着微旋儿，飘然从掌心而下，亲吻地面。

山腰上，滕王的大殿耸立着，金碧辉煌，像回到了盛唐时代。飞翘的檐角，整饬的屋脊，金色的琉璃瓦在夕阳的映照下显出庄严。

星空夜醉

上灯了，点点晕黄的光，条条古深的巷，片片重叠的影，个个面带微笑的人提着一袋袋保宁蒸馍，携着一罐罐醋饮，结伴走在古城街头。蒸馍上盖着红章，像小孩嫩红的脸蛋。桑葚醋饮酸酸甜甜，滋润心田。一碗张飞牛肉面，冒着腾腾热气，饭店天花板上笼着一团白雾，吃面的汉子，大口喝酒大口吃面，好不豪爽！

抬头，深蓝的天幕上，星星密布，好似米粒堆叠在餐盘中。星星的光织成一张网，网住了脉脉含情的嘉陵江。古城阆中如同乖巧的婴儿，偎在母亲嘉陵江的怀抱里，睡了，睡了！

浸在月光里的中国诗

春芳开尽，跌落梢头。夏阳敛晖，暴雨同休。初菊露艳，金桂香流。光阴匆匆，又到中秋。年年岁岁月相似，皓然一月将清冷的光辉洒在神州大地上，兜兜转转，不知已过多少个百年。中华多少诗篇，在月光下现出生机。

春江花月夜，以孤篇压倒全唐；海上生明月，有情人竟夕起相思。晏同叔玉蟾桂花，孤寂而清冷；杜工部今夜乡思，露白而月明。数千年来骄傲的月啊，独明于八月之望；众人皇皇的诗篇里，月的清辉荡漾。

一轮月，从鸟啼霜飞的寒山寺，到寒江独守的空商船；从玉人箫声，到波心幽荡；从青山衔月，雁去愁心，到长空廖阔，西风劲烈。它走过大江南北，走过沧海桑田，但诗的血脉里，永远流淌着陈酿的月光。

太白的月啊，是传诵千古的窗前落霜，是仙气氤氲的瑶台相逢，是对影三人的歌舞迷乱，是峨眉山间的平羌江流，是青云端的瑶台镜，是长安城的捣衣声。"酒入豪肠，七分酿成了月光。"官场沉浮，怀才总不遇；身世漂泊，孑然常独行。月笼心头，仙然遗世，绣口张合，吞吐大唐风华。

东坡的月啊，是人生如梦的樽前慨叹，是寒枝疏桐的寂寞幽独，是乘风归去的超然尘外，是几度秋凉的凄然北望，是横笛吹断的水晶宫，是年年肠断的短松冈。"学士一肚皮不合时宜。"仕途起伏，言豪且志壮；命运多舛，口快因心直。月随身畔，竹杖芒鞋，扁舟消逝，江海寄余生。

中国的诗里，是渗了酒的；中国的诗，是浸在月光中的。它永远纯净，永远醇厚，永远轻灵，永远生动。诗是中国人的生命，月是中国诗的灵魂。

千年来不变的月，在深蓝色的天幕上挂着，月光洒进我眼里，洗涤着我的心。

东风夜放花千树

踏上层叠的阶梯，身倚栏杆，静静地凝望着眼前如画般的景象。仙云腾飞、垂帘萦绕的大门顶上立着一位慈祥的老人，他张开双臂，袖口长垂到地上；他白发苍苍，雪一样的胡须埋住了身子，笑容如同春风拂过面颊。他的身旁是星辰、山峦、流云、林木……

大门左右，是垂下的古书卷轴，上面写着"拜春节之源到阆中过年"十个烫金大字。来到门前，立即有一种"仙气"、一股年味飘了过来。

走入园中，一座座阁楼错落有致，仿佛到了上古仙国，置身于琼楼玉宇之间。随着人流步出楼群，才发觉这其实是由许多巨大的华灯组合而成的"阆苑十二楼"。在众楼的中央，有一座"碧玉楼"，楼身用灯光模拟出古建筑的古香古色，楼高十多米，四个飞檐挂有红色铜铃，夜风拂过，就叮叮咚咚地奏起乐来。

缓步徐行，恋恋地望望身后，我们又向山顶进发。一路上，大家兴致高昂，连呼吸都带着劲头。头顶浩瀚灯海，脚踩绵长阶梯，高谈张郎豪情，笑览长公风采。不知不觉中，我们登上了"三生石"：红色的基座、银色的峭壁、粉红的桃花林海，比肩而立的美少女和俊公子。前世到今生，千般轮回；

华灯和丽景万年长"红"。在"十里桃花"灯组中,春风送暖,似真似幻,我不由得附和一句诗:"月上柳梢头,人约彩灯下!"

感慨间,步履悠悠,到达了荷花池边。池中万象竞辉,有鱼儿嬉戏莲丛,有仙人擎灯高照,有绿叶映衬红花。灯光一同倒映在池水里,幻化出冷清、热闹两重世界。一旁是"碧藤灯"萦绕的"湖心亭",亭中有位女子一面吹笛,一面婀娜起舞……

逛完覆盖一整片山的灯海,我从与来时不同的路途下山,沿路的风景变了容颜,多了一些猪年的彩灯。你看,猪八戒肥头大耳的模样,滑稽可爱,令人忍俊不禁。还有那二十四节气的图案,以及图案边配的小诗,那些诗读起来给人一种闲适飘逸的感觉。

回到大门前,再次眺望身后,灯海、人海、林海,波涛汹涌,我的心海也一样澎湃激荡。

东风夜放花千树,七彩巴郡不夜天!

书心·七彩斑斓

像蜜蜂流连花丛、小鱼嬉戏河流、游云漫步远空，我深入书海！

书的世界，是七彩斑斓的。

每个字、每幅画在一本书中，排列不同，便具有不同的意境与韵味。插上阅读的翅膀，你我仿佛站立在山巅，俯瞰神奇的世界；仿佛驻足于江边，细察水中鲜活的生命；又仿佛置身于广袤的草原，轻轻地感受过耳的风……书的世界，七彩斑斓，有温暖幸福，有忧伤坎坷。

书海里的"小鳟鱼"

最早读的书是绘本。《逃家小兔》是我最早的小伙伴。那些缤纷的颜色，在我的画笔中是找不到的。画面时而素雅，是十分宁静的蓝色、灰色；时而热烈，是灼热明快的红色、黄色。故事很优美，我第一次接触它，是由妈妈的嘴"播放"的。我一边看一边听，这对可爱的兔母子，在我脑中奔跑，捉迷藏，大口地啃着胡萝卜。我自己似乎也成了一只小兔，变来变去，和妈妈玩着捉迷藏的游戏。从此，我对书便产生了浓厚的兴趣，即使面对那一团团一排排完全不认识的黑色汉字，只是观画也兴味盎然。

那本旧旧的美丽绘本里，有妈妈的味道。

大房子里的"草房子"

最清新的书是曹文轩的小说。《草房子》主要讲了男孩桑桑刻骨铭心的六年小学生活。在桑桑生活的这片油麻地里，六年中发生了一连串看似平常但又催人泪下的故事。因头秃而被称作"秃鹤"的陆鹤，渴望得到别人的尊重；只有母亲没有父亲的纸月，细腻地吟诵诗词；与油麻地小学乃至当地政府作"持久战"的秦大奶奶，永生在救南瓜的艾地里。

《草房子》中有许多美：风景美、风俗美、人性美。读完它，我软绵绵地倒在沙发上，一闭眼，脑海中就会浮现出一幅江南风情画：金色的草房子、青青的艾叶、静静的大河，一望无际的芦苇荡，初出的阳光扭着腰肢，慵懒地踢踏着……

滚滚长江东逝水

最厚重的书是"四大名著"。要说给我印象最深的，无疑是诸葛草船借箭、周郎大火烧曹的《三国演义》。道不尽的权谋之术、军事之争，让人欲罢不能。我在书桌前坐了几天，终于读完，不觉疲惫，反而开心。原以为枯燥无比的名著，竟是如此丰富多彩！

读罢《三国演义》，心中一片豪气。而"梁山好汉"则让人浩气长舒，热血满腔。三十六天罡和七十二地煞各有所长，各显神通。我先前读《水浒传》走马观花，乱翻一气，之后便得意扬扬，一会儿说"及时雨吴用"，一会儿炫"智多星花荣"，引得家人哄堂大笑，只得羞愧地回到桌前，老老实实边读边记。

与《西游记》的相识，先在动画片里，后在文字中。三四岁时，做齐天大圣的梦想就在我心中深深地扎下了根。一面手里舞枪弄棒，一面口中念念有词，一家人欢笑着成了我的助演和观众。睡觉以前，总让妈妈读几页孙猴子的故事，怀着对降妖除魔的憧憬，我总能安然入睡。

读书，让我触摸到了书的心。书的心，是七彩斑斓的！

读书，让我丰富了我的心。我的心，因书而五彩缤纷！

百变女王

"时维三月，序属芳春。清风摆柳，艳阳流光，桃花酿酒，春水煎茶！"你听，我的妈妈又在字斟句酌地写诗。她是一个文艺女青年，喜欢记诵佳词丽句。听爸爸讲，当我还在她肚子里的时候，她就用一本本书对我进行胎教。等我年龄稍大些，总能在家里的各个角落听到她抑扬顿挫的朗诵。《琵琶行》《白马篇》《野田黄雀行》，等等。她也爱自己写一写对生活的感悟，有一次，她的文章发表了，她竟高兴得笨拙地跳起舞来了！

她是严厉的。有一次，我们全家正围坐着吃饭。"啪！"一只鸡腿飞过我的头顶，与电视机的侧边碰撞之后，无辜地躺在地上。"完了！"我心想，"妈妈生气了！"我偷偷地瞄了一眼，她绷着脸，瞪着一双大眼睛，像要吃了我似的："说，为什么打架，为什么不遵守规则？"原来是我在学校的事情被她知道了。本来我是委屈的，已经噘着嘴，眼含泪花了，可她仍然严厉地斥责："规则制定了，就必须严格遵守。言必信，行必果……"

她是称职的"保姆"。每天清晨，我走出卧室，饭菜已经盛好：黄黄的鸡蛋、绿油油的青菜、白白的米饭。不光做饭，送我上学，接我放学，洗我的臭袜子，她也一手包办了。

她是一个足球迷。虽然绿茵场上看不到她略显笨重的身影，但提起足球的规则与技巧，她都能侃侃而谈。她最喜欢阿根廷队，而爸爸喜欢西班牙队，他俩常为自己喜欢的球队的输赢争论不休，"球球计较"。尤其是妈妈，她的理论知识多，常常让爸爸目瞪口呆、甘拜下风。

妈妈还有很多面孔，堪称"百变女王"。

妈妈是我的太阳、月亮、星星、流动的河、飘逸的云、温暖的风，一切美好的事物，我都想用在她身上。

水和云的对话

午后，携一缕清风，着一身秋色，嗅着空气中愈来愈浓的泥土味，撇下尘嚣，步入山林。

林中，秋的韵致初显。叶边已经泛黄，忽地飞下一片；不知何时盛放的野花，躲在身后，散出一股沁人的芳香；松涛阵阵，风语呢喃。娉婷的秋优雅地踏着雁飞的鼓点，在这偏僻的林里婆娑起舞。

抬眼望，云的身影近了，洁白如绸缎般压着湛蓝的天，高昂着头，晃悠悠地漫了过来。那一刻，时间放缓脚步，无心云相卧，一大片一大片懒洋洋，偶有飘荡，不辨东西。它们不晓得下甘霖以润万物，却敛日光于私怀。那一抹亮白在湛蓝的天空中格外碍眼。

俯下身，脚下突现一条小溪。小溪清波回旋，一路哼唱着叮咚的曲子，激岩砅声，泠泠如琴音。这个调皮的小家伙偷偷藏下春天的绿色，染碧一簇簇水珠，欢送着一片片枯叶。那枯叶仿佛满载而归的船只，正摇摇晃晃驶向远方。偶尔叶上趴着一只小虫，兴致勃勃地期待着新的旅途。这究竟是从哪儿蹿出来的淘气鬼？

云团复飘回来，仿佛在轻蔑地看着自己远房同族亲戚的"小儿戏"，戏谑地对小溪说："喂，小不点儿，一个劲儿跑啥呢？不累吗？嘿，真蠢，舒舒服服待着不好吗？"

"大个儿，你才蠢呢，我这样跑得勤了，草绿花红，莺歌燕舞，春天就回来啦！哪像你，挺大一个一躺就不动了，也不知道扔个雨滴下来，整天数你最没用！"小溪也不甘示弱。

"哟，你个小渣渣，嘴还挺损呢，还敢骂我。本大爷舒坦地躺着才是王道！你想要雨，等着吧，看我不砸死你！"

云话音刚落，雨滴带着重重的戾气砸向大地，可怜我这个过客，一身全是水。雨滴砸在小溪里，一个个又变成了快乐的音符，融入欢畅的曲子中。小溪用歌声回复挑衅者："老兄，谢谢你的慷慨，你的雨滴让我更强壮，让我的奔流更有力量，我就是要用奔跑唤来一个春天！"

"老兄啊，我劝你也早点儿开窍，不要无所事事，像刚刚那样滋养大地，不也挺好的吗？"

"哼，我岂是你能说教的？后会有期！"云仓皇逃走，雨收住，只留下夕阳半边微醺的脸。

天边，一道七彩虹悬起，七色交叠，熠熠生辉。一滴小小的水珠用跳跃映射出半个太阳，一条细细的溪流用奔跑咏叹出生命的诗篇！

……

秋卷大地，可小溪两旁依然绿草茸茸，甚至开着灿烂若锦的花。细流演奏着愉悦的交响乐，浸湿草地，哺育松根，常绿的植物固然有耐寒的心性，但它们也必定会感谢溪流不知疲惫永不停歇地放歌！

千变万变初心不变

"墨儿，起床啦，天都大亮了！"忽然听到妈妈熟悉而温暖的声音，我从睡梦中醒来，却发现眼前是我发明的机器人管家贝肯。中学毕业后，我便来到了外地，大学毕业后，从事科研工作。阔别家乡二十余载，而此时，又正处金秋时节，我不禁思念起家乡来。于是，我让贝肯变成一辆可低飞小型汽车，驾驶着它回到我久违的故乡。

到处都是现代化的高楼，而我的亲人们也住在其中一幢。走进小区里，这小区简直就是一座小型的城市，有超市、电影院和大型酒店、餐厅，甚至农田，一应俱全。难怪大街上少了那么多小店呢？与家人相见，一个接一个地拥抱，我都不禁流下了激动的泪水。

漫步古城，街道仍古老悠长，青石板路一直延伸到远方。中天楼、华光楼、张飞庙、贡院等历史悠久的古代建筑，与远处高耸如直插云霄的利剑的大楼相比，又增添了几分古老的韵味。

顺着古街一路直下，就来到了嘉陵江边。多年来，政府注重保护环境，江岸一带增添了许多绿色，现处于秋季，枯叶飞落，纷纷杂杂，松柏直立在一片萧瑟之中，那绿叶显得那么生机盎然。江水碧绿又澄澈，犹如一条长长的缎带，又如一尾粗粗的青蛇，更似一块翡翠。时而大鱼跃出水面，时而水鸟衔鱼而起，水面一会儿热闹，一会儿平静，人们散步在江边，悠闲而浪漫。

忽然，在稀疏的人影中，我看到几个熟悉的身影，定睛一看，原来是冯远、侯琦和张鹏呀！他们可真要好。这么多年了，还随时在一起呢！他们也认出了我，四个好哥们又聚在一起，有说有笑，十分亲密。我提议我们一起去看望宋老师！

大家买了些礼物，直奔宋老师家。宋老师已年逾古稀了，可仍在为年轻教师提供优质的教学方案，见我们来了，他脸上挂满了慈祥的笑容。我们见宋老师年纪这么大了还这么敬业，不禁泪眼蒙眬。

我们一起坐着聊天。时间飞逝，华灯初上。从宋老师家出来，经过校园时，我们看见母校变了许多。母校新建了一个大型动植物园，有学校历史博物馆、实景模拟教学室，还有现代化的门禁设备……原先主席台旁的花坛没有了，记得以前下课，那儿可是我们男孩子们戏耍玩乐的乐土啊！

站在波光粼粼的嘉陵江边，月亮在空中静静地凝望着，蓝色的天幕上还点缀着一些小星星，家乡在柔美的夜里安稳地睡着。我在心中默念：我爱你，家乡，不管过去多少年，都不会改变。

她，不是我妈妈

我常常觉得我不是妈妈亲生的，因为她对我实在是太严苛了。

在我心中，她简直就是一个智能型复读机，"规则、规则、规则"总挂在她嘴上。在她的世界里，吃饭要有规则，看电视要有规则，看书要有规则，写作业要有规则，甚至连睡觉都要有规则。她不知让我签了多少份"合同"了，我觉得自己都快成为一个"小商人"了。这些规则像一条条锁链，紧紧地束缚着我，我快喘不过气来啦！

妈妈的性子可急了，经常有"暴风骤雨"。那天晚上，天上没有月亮，只有几颗暗淡的星星。我和妈妈在房间里"奋斗"，我准备背诵将要默写的英语内容。第一次，我背得结结巴巴，还掉了词，妈妈认为是我练习少了的缘故，就没有太在意。第二次、第三次都如此。从第六次开始，她就不耐烦了，大声呵斥道："怎么教了几遍了还不会？你在英语班里到底有没有听讲？"我听后，差点儿哭出声来，天地良心啊，我认真了的，只是才开始学，有难度嘛。后来妈妈越来越急，差点让我"夜宵"吃"竹笋炒肉丝"了。在妈妈教了我十次之后，我终于背得流畅了。不过，那场"暴风骤雨"仍让我心有余悸。

睡觉前，妈妈来到我的床前，对我说："孩子，努力学习，不是为了去换取成功，不是为了去超越别人，而是为了体验一个更大的世界，遇见一个更好的自己。就像爬山，虽然很累，很狼狈；虽然爬的途中，被折磨得几乎放弃，但是，爬着爬着，大雾像幕布一样散开，蓝天突然出现，云海和雪山横在眼前，那种感觉，是在山脚感受不到的。"说完，她就离开了。看着妈妈的背影，我的眼睛模糊了。

也许，别人妈妈的爱像拂过杨柳的春风，像滋润绿叶的春雨，而我妈妈的爱像麻辣火锅，热辣又浓烈。

但是，我想告诉所有人："她就是我妈妈！"

微微白米香

寒冬拂晓，我正与周公高谈阔论，蓦地，一阵尿意打碎了我的美梦。

我躺在床上，心里十分矛盾。去上厕所吧，这三九寒天，北风呼啸，一起来，说不定冻成冰棍了；可不去吧，这要憋出个啥毛病，可就不是冷不冷的问题啦！经过激烈的思想斗争，我决定拿出百米冲刺的速度去卫生间。

我"嗖"地从床上蹿起来，刺骨的寒风调皮地跃进里屋，又来到我身边，在屋里打转。

"阿——嚏——"，我不禁打了个喷嚏。走出我的房间，一阵清新的米香扑鼻而来，缥缥缈缈，似有似无，仿佛漫无边际，时而浓，时而淡，时而清香，时而有瓜果的芬芳，在屋里荡漾、扩散开来……

"咦，难道是幻想？"我心中泛起一丝涟漪，"爸爸妈妈谁这么早起来了呢？"我放轻脚步，好奇心让我忘却了寒冷。

来到厨房门边，我小心翼翼地探出头，看到那个熟悉又陌生的身影，竟是妈妈正在灶边忙碌着。锅里咕嘟着白玉一般的稀粥，案板上的土豆丝三五成群，水槽里的菠菜闪闪发亮，炉灶上水壶呼呼作响……

屋外，北风怒号，凛冽刺骨，行人裹紧衣服艰难地挪动着身子。厨房里，温暖而舒适。热气团聚在此，妈妈头顶一片朦胧的水雾。蓝色的火苗在妈妈面前跳跃，亮洁如新的白色瓷砖映出那柔和的面庞。

我怔住了——妈妈的面容怎会这么憔悴？我在一片朦胧雾气中，迷迷糊糊地回到了床上，继续做我的美梦。

天已大亮，冬日的暖阳照进里屋。我麻利地爬起来，穿好衣服，走出卧室。餐桌已摆得满满当当，菜肴五颜六色，营养均衡：青色的菠菜、棕红的牛肉丝、炸至金黄的煎蛋、土黄加碧绿的青椒土豆丝、热气腾腾的白粥。

"墨儿，来吃饭了！"妈妈大声喊道。

叶落千秋

　　"哎呀，怎么又掉叶子了，什么时候才扫得完啊？"刚走下楼梯，我就听到楼下三年级扫地的同学抱怨的声音，"可真想把这棵可恶的皂荚树砍掉。"我虽然觉得把教学楼前的皂荚树砍掉的想法不对，但我仍然想问：为什么皂荚树、梧桐树、榆树、橡树等一到秋天就要落叶，不能像松柏和万年青一样一年四季都不掉叶子或是掉很少？我一边想着一边走进教室，尽管冥思苦想，绞尽脑汁，仍不明白。

　　为了弄清楚缘由，下午放学后，我飞奔回家，立刻问妈妈。"妈妈，您知道为什么一到秋天树就要掉叶子吗？"妈妈意味深长地笑了一下，说："小宝，自力更生，手机给你，自己去查吧！"妈妈说着便把手机递给了我。我心想：哼，自己查就自己查，又不是不会，谁查都一样。于是，我打开百度，搜了起来。

　　原来，秋天到，预示着冬天快要来啦，树木为了度过寒冷的冬天需要休眠。而休眠时，树木本身也需要养分，所以为了减少体内水分与养分的损耗和流失，那些树木才会落下叶子。而松柏和万年青的叶片小，养分与水分的损耗小，它们还能承受得住，所以叶片还是一如既往那么青翠。大树落叶还是为了储存能量，等到来年春天再萌发新芽。这是树木的一种自我保护的本能，也是度过严冬的一种措施。另一种说法是，树木在秋冬时节吸收能量慢且少，输送也慢，自然而然地就输送不到那儿去了，树叶就枯萎掉落了，还是能量不足呀。

了解到这些，我不由得感慨：落叶身上那舍己为人的精神，真令人动容。为了大树能存活，老叶子不惜献出自己最宝贵的东西——生命。这不正如我们的父母吗？为了我们，他们失去了自己宝贵的青春岁月。真可谓"落红不是无情物，化作春泥更护花"。

叶落千秋为后代，精神感人触我心。

我学会了宽容

那一天，阳光毒辣，我的心情如同阳光一样，燥热得很。

我们像往常一样认真地做着课间操。突然，旁边的同学撞倒了我，顿时，我胳膊肘破了一层皮，还流了点血。我憋着气，不由分说，还了他一个大耳光，还骂了他几句。

他只是说了一句："我不是故意的。"

回到家里，做完其他事，我躺在床上，开始沉思。我想：以前，我们玩游戏时，总少不了他；他也是我学习上的好搭档、生活中的好兄弟。所以，他一定不会是故意的！

第二天，我刚到学校，他就跑了过来。平常，他每天都会给我带来一杯果汁，每天都换不同口味。今天，他同往常一样，带来了美味的果汁，并且多带了一盒我爱喝的酸奶。他走到我的面前，脸上挂着微笑，诚恳地说："喝吧，今天这是新口味哦！""昨天的……的事……是我……我错了……对……对不起。""昨天的事已经过去了，你也不要总把这些不高兴的事放在心上呀！"他说着把双手搭在我肩上，继续说，"我们一辈子都是好兄弟！"我眼泛泪光，重重地握了一下他的手。

宽容像一朵鲜花，散发着清香，即使被人踩了一脚，也会将香味留在鞋底；宽容像一把雨伞，给人以舒适，倾盆大雨骤至，即使自己淋成"落汤鸡"，也会永远充当别人头顶的"晴空"。

经过那件事后，从他身上，我学会了宽容。

不啻微芒，造炬成阳

　　嘉兴南湖的漾漾水波，浮起了沉甸甸的红船，也升起一部宏大厚重的史诗。神州大地上，猎猎的红旗飘扬百年，鲜艳逾昔。

　　党旗的鲜艳缘于大无畏的革命英雄主义精神。柔美的江南，孕育出了激昂热烈的共产党人。在纷飞的战火之下，他们奔走流离，传递人民的希望，引领人民的反抗，掀起工人运动的高潮；在国民党反动派的压迫之下，他们行军转移，突出重围，截断追捕，蹚赤水，夺泸定，越金沙，过草地，翻雪山，从多雨的水乡到莽莽的黄土高原，从幼稚的伊始到坚毅的成熟。在日本侵略军嚣张的恐吓之下，他们开辟敌后战场，用粗陋的武器对抗先进的装备，创战术、聚心志、坚信念，用血肉之躯拦阻坚冷铁炮，以有力之肩扛起卫国大旗。共产主义的号角终在大江南北吹响，头颅与脊梁熔成英雄意志的铜像！

　　党旗的鲜艳源自与人民同在的理念。"我要将有限的生命，投入到无限的为人民服务中去。"雷锋以螺丝钉为标杆，心向人民无私奉献；焦裕禄带领百姓发展生产，以身作则，不愧为"党的好干部"；邓稼先隐姓埋名二十五载，呕心沥血研发国之重器，人民簇拥感谢这位元勋。傣族人丛中，周总理身上满是同胞们泼洒的热情的水；习近平总书记夸赞80岁老奶奶的香包，"我买一个，捧捧场"。党关心人民，人民信任党，所以国能泰，民可安。

党旗的鲜艳来自上下同心敢于创新的勇气。我们永远记得，那一年，一位老人在中国南海画了一个圈，于是，开始了春天的故事；那一年，一位老人望着地图喃喃自语，于是，紫荆花开，澳门归来，两岸统一亦指日可待；那一年，一位老人打破姓"社"姓"资"的桎梏，于是，资源调配愈来愈合理，人民收入稳步提升：这是党的创举，是历史性的转折！那位慈祥平和的老人，为中国造下了数百年的福祉。现如今，青年一代大有作为：大飞机、双航母、核心舱，科技事业彰显大国气度；抗新冠，攻贫坚，谋复兴，百年计划实现志在必得。人们用实际行动充盈着中国梦！

2021年是中国共产党成立一百周年，这是栉风沐雨、开创历史、奠定基业的一百年，这是牢记使命、根植人民、服务人民的一百年，这是解放思想、实事求是、步履向前的一百年，这是赓续奋斗、与时俱进、开辟未来的一百年！

胸怀千秋伟业，恰是百年风华。永葆初心的百年大党，团结一心的十四亿人，必将写下璀璨夺目的新篇章！

假如我有一双翅膀

　　如果我有一双翅膀，我将穿越历史的风尘，沿着历史的痕迹，在时间的长河中翱翔……

　　假如我有一双翅膀，我会飞临周幽王的城墙下，看那褒姒如何一笑倾国，烽火泣诉着亡国的悲哀。瞧，周平王无奈的影子，正立在夕阳下，周王朝坠入谷底，城墙下千军万马奔涌而来，空中笼罩着飞扬升腾的漫天黄沙。

　　假如我有一双翅膀，我会翱翔在乌江上空，硝烟散去，我看到一副曾挡住千万支箭的盔甲，以及一柄沾染上血迹的宝剑。"骓不逝兮可奈何，虞兮虞兮奈若何！"那一天的垓下，见证了西楚霸王的毁灭，目睹了一代豪杰的悲哀，却同样看到了大汉王朝的兴盛。

　　假如我有一双翅膀，我将降落在一望无垠的大漠。那正驾马奔驰、拉弓搭箭的人就是李广吧！斑白的头发掩不住飘扬的红缨，纵马飞奔，势如破竹，横扫大漠！看啊，卫青也来了，他身后还跟着英姿勃发的霍去病，他仿佛等不及要去感受"封狼居胥"的荣耀了！匈奴人早已招架不住，连连退却，边境终于安定了下来。对了，那西边正蹒跚而行的是张骞吧，这位踌躇满志的官员，已成就了一番大业啊！

　　假如我有一双翅膀，我要盘旋在赤壁之上。那些端坐官船之中正谈笑风生的人已经在商讨如何攻曹了。只见周公瑾戴着纶巾，雄姿英发；赵子龙自信满满，势在必得；诸葛亮挥动羽扇，笑谈用兵之计；刘备、关羽、鲁肃等人及众兵士踌躇满志，必歼曹贼！火光冲天之中，胡乱奔逃的曹操望着一片火海和江涛，心中定是五味杂陈吧！

假如我有一双翅膀，我肯定会去蛮荒的龙场。那个叫王守仁的不幸小官，正是在这里悟得哲学真理。这些呼唤与思考，使中国文明史、哲学史上的一颗璀璨明珠——"心学"，就此诞生。这个荒凉的驿站是王阳明人生的转折点，他悟得此圣贤之道后便平步青云，从一个编外人员直接升为巡抚大人。他平定叛乱，作诗著文，游历讲学，传授圣贤之道。他的名字照耀着龙场，使贵州这个小地方成了令人瞩目的焦点。

假如我有一双翅膀，我还要去看世间百态，赏万里山河。历史的尘埃，终将被新一代的梦想拂去，我将带着这双翅膀奋发向上，去书写中华新的篇章！

爱

爱是什么？如果你对一个患有忧郁症的人表达爱，那你的爱就是一把利剑，冲破他心中的那堵墙，让灿烂的阳光照进他的心房；如果你对一个被讥笑的人表达爱，那你的爱就是一把钥匙，帮助解开他的心结；如果你对一个冷漠的人表达爱，那你的爱就是一个炉子，用炙热的火焰融化他冰冷的心。

这样的爱的故事，每天都在我们的身边上演。

下课后，当我们在欢乐地嬉戏时，我总会看到三年级五班的教室里坐着一个和我同龄的女孩。她孤单地坐在角落里，默默地记着笔记。有时，她抬头望望窗外的我们；有时，她面带忧愁，仿佛心中有块大石；有时，她睫毛上还挂着晶莹的泪珠。

这天，我们照常在操场上玩耍，我忽然发现三年级五班的教室里空无一人。我心想：她去哪儿了？生病了吗？找了一圈，我才发现她在大操场上跟同学们玩"老鹰捉小鸡"呢！她的脸笑成了一朵花，笑声清脆悦耳。我很纳闷，她怎么突然变得这么开朗了？

后来，我才知道其中的秘密。原来，她的同桌看到她寂寞的身影，不断地激励她开朗点，要鼓起勇气微笑着面对生活。从此以后，她慢慢地改变了自己，跟以前的她判若两人。特别是在冬季运动会的跳绳选拔赛上，她本来害怕展示自己，又躲在角落里，只流露出渴望参加的眼神。她的同桌看见了，当着全班同学的面推荐她，并带头鼓掌，同学们也用期待的目光看着她，用热烈的掌声鼓励她。她慢吞吞地站起来，拿起跳绳，一个接一个地跳起来。哇！一分钟跳了200个，把同学们都惊呆了，同学们爆发出雷鸣般的掌声，一个劲儿地说："你好棒呀！我们好羡慕你！"那一刻，她的脸红扑扑的，眼睛亮晶晶的，嘴角弯弯的，开心极了。

是的，生活中就是要这样，用我们的语言或行动去帮助别人，只有以真诚的关爱才能真正温暖一个人的内心，让世界变得更加美好。

绿豆观察记

2016年2月17日　　星期三　　晴

今天，妈妈买回来一些绿豆，我抓了把绿豆，摊在掌心，仔细观察。它们墨绿墨绿的，整体呈椭圆状，正上方还有一个白色的大斑点，跟木星的大红斑一样明显。它像一个微型的娃娃，穿着绿色的衣裳。

我不小心将一些绿豆倒在了地板上，这些绿豆像一群逃兵，咕噜咕噜地向四面八方"跑"去。

2016年2月18日　　星期四　　晴

今天，我做了一个小实验：我先准备好一个干净的透明玻璃杯，放入一颗绿豆，观察它的下沉状态。然后我一把一把地放入绿豆，观察它们的下沉状态。我发现，不管怎么放入，它们都像降落伞失重一样，迅速地沉入杯底，静静地躺着不动了。我还发现它们一到水中，就变成了浅绿色。

2016年2月19日　　星期五　　阴

今天，我把昨天泡的绿豆从杯子里挑出来，又从袋子里拿出一把绿豆，放在一起对比。我惊讶地发现泡过的绿豆竟变大了，每个都圆鼓鼓的，像一个个虎头虎脑的胖娃娃，十分可爱。而且，它们变得黏糊糊的，不再那么光滑了，颜色是青绿的。

竞争"上岗"

"丁零零，丁零零——"，令人迫不及待地想上课的铃声响起来了，你知道我们班同学为什么如此兴奋吗？因为等会儿我们班要竞选班干部！

我既紧张又兴奋，心想：上学期我当班长，不知道同学们对我的评价是怎样的？是好？还是坏？一想到这儿，我就更加紧张，心快跳到嗓子眼儿了。

毛遂自荐的环节到了。

只见有的同学在座位上左顾右盼，有的在埋头准备自己的演讲，而杨前正以鼓励的眼神望着我。这时，我"嚯"地站起来，迈着轻快的步伐，信心十足地走上了讲台，迅速地给了大家一个笑脸后，我便流利地演讲起来……演讲完毕，大家给了我雷鸣般的掌声，我终于松了口气。接着，同学们便一个接一个地上台……

经过一轮自荐，确定了十九位候选人，接下来就是举手表决了。

我怀着一颗怦怦直跳的心向讲台走去，脚步都有些颤颤巍巍了。"39票！"我对老师说。我默念："还不太糟糕，加油！"我下去之后，大家就一一走上讲台点数。

结果出乎我的意料，竟然好几位同学（包括我在内）都是同样的票数。于是，老师确定好前六名，让我们作小组长，再根据先前的各方面情况确定班委成员。

这次的班委成员与上次没有太大区别，只有劳动委员与纪律委员与上次不同。

对于再次当选班长，我内心既激动又觉得责任重大。班长是一个班的"领头羊"，首先要正己，然后才能正人。新的学期，我要扬长避短，不断地提升自己，让自己无愧于"班长"的身份。

睡觉前，我默默地对自己说："既然是山，我就要坚定不移；既然是海，我就要包容深邃；既然是阳光，我就要普照大地；既然是班长，我就要成为老师和同学之间的桥梁。加油吧，小墨！"

丹桂飘香

　　一叶知秋，枯叶如蝶，凉风卷残红，<u>丝丝寒意侵肌骨</u>。闭眼一吸，风中飘散着浓郁的桂花香。

　　桂花清逸绝尘，形丽香重，堪称一绝。尤其是仲秋时节，皓月当空，丛桂怒放，把臂同游，吟诗赏桂，怎一个"爽"字了得？

　　我以前读书的幼儿园四围都是桂花树，占了校园好大一片地方。

　　远望，桂花树俊秀挺拔，它的树干笔直，树冠张开，如一把把撑开的伞。一排排桂花树，好像校园的哨兵一样，含情脉脉地守护着我们的校园。桂叶又小又密，四季都呈墨绿色（除了春天的嫩叶）。折一片桂叶，在手中把玩，我发现桂树的叶片是椭圆形的，叶子上带有细小的锯状棱角，一不小心就会把手指割破！

　　一枚桂花共有四片花瓣，花瓣呈爱心形状，嫩黄色的花蕊像一位娇滴滴的公主，被周围橘红色的"卫士"保护着。一簇簇、一串串桂花散发的香味方圆几里都能闻到，不但浓郁而且诱人。每次经过学校，我的脚都会被那香味勾住。要不是校门关着，我恨不得像一只灵活的小白兔，"嗖"地钻进去，享受梦境般的时光。

听，起风了。一阵风拂过，桂花树微微晃动，树叶沙沙作响，桂花纷纷摇落，地上铺上了橘红色的地毯，踩上去，软软的。捧一把在手心，香香的。

丹桂不像桃花那么美丽多娇，不像杜鹃花那么火红热烈，不像梨花那么柔嫩晶莹，不像玉簪花那么冰清玉洁，但它却是质朴的、典雅的。

"儿童解得摇花乐，花雨缤纷入梦甜。"我手拿一个竹篮，装着丹桂，在风中手舞足蹈……

喷水池的自述

我是闽师附小校园里的喷水池。

以前，我澄如碧玉，波平如镜，把周围的一切景物都收入我的怀抱。有许多活蹦乱跳的小鱼在池水里游，有的在玩捉迷藏，在假山下钻来钻去；有的在比赛游泳，小尾巴灵活地摆动着；有的像一位跳水运动员，一会儿跃出水面，一会钻入水底；有的把头露出水面，吹着小泡泡。每当我喷水时，水从中心的喷水孔喷出来，会在空中形成一个圆形的水膜，再从空中流下来，像一个超级大蘑菇，漂亮极了。附近花坛的四角各有一棵高大的雪松，它们可是十分称职的"卫兵"哟！

可是，不知从哪一天起，同学们开始对我视而不见，他们随手将垃圾朝我一扔，就快步离开了，瞄都不瞄一眼。现在，我的水已经变得肮脏恶臭，也看不到小鱼了。那些塑料瓶、食品袋倒是随处可见，它们还得意扬扬地摇头晃脑呢！花儿也耷拉着脑袋，不像往日那么精神抖擞了。周围的草木也变成了枯枝败叶，萎靡不振。

唉，乱丢垃圾的人呀，你们知不知道，当清澈的小溪变得浑浊，当蔚蓝的天空变得暗沉，当茂密的丛林变得光秃秃……哪里还会有幸福的生活？

如果我们善待大自然，大自然也会善待我们；如果我们破坏了生态环境，必将会受到大自然的惩罚！

草

寂静的山谷中，偏僻的小路旁，长着一种平凡的生物——草。

春天，小草从土壤里探出脑袋，好奇地打量着这个世界。它们贪婪地吸吮着春天的甘露，享受着和煦的阳光。一群燕子从小草们的头顶飞过，落在它们的身旁，正叽叽喳喳地唱着歌儿呢！小草摇摇身子，好像在说："多么温暖的阳光，多么清新的空气，多么美好的生活啊！"

夏天，骄阳似火，小草长得更旺盛了。路过的小朋友走累了，就往小草身上一坐，这时小草像一个慈祥的母亲，张开怀抱，欢迎孩子的到来。小朋友们在草地上玩捉迷藏的游戏。小草见小朋友们玩得不亦乐乎，就更加茁壮地成长，形成了一片茂密的草丛。

秋天，小草枯萎了，耷拉着脑袋，变得萎靡不振。也许，小草的生命已经要走到尽头了吧？但我相信，这是大诗人白居易笔下"野火烧不尽，春风吹又生"的草啊，它们绝不会这样屈服于命运的！

冬天注定要来临，雪花纷纷扬扬地从天空中飘落下来，像一簇簇棉花。而这时的小草，正在默默地看着孩子们堆雪人、打雪仗。它们正在积蓄力量，为了能在来年的春天再次擦出生命的火花。

我爱小草，爱它们那旺盛的生命力和那博大的胸怀！

生而为人，以孝立身

《诗经》曰："无言不雠，无德不报。"父母因我而辛劳，还给予我慈爱，我应以孝来回报。孟郊也说："谁言寸草心，报得三春晖。"我想，生而为人，当以孝立身。

"凡为父母的，莫不爱其子。"朱自清的父亲，那戴着黑布小帽，穿着黑布大马褂、深青布棉袍，蹒跚地走到铁道边，努力地穿过栅栏，爬上月台，去给儿子买橘子的背影，曾经让很多人泪流满面，也让我非常感动。胖胖的父亲在艰难攀爬中藏着的就是父亲对儿子深深的爱呀！

我读《秋天的怀念》时很忧伤。文中的母亲，是敏感而胆小的，她悄悄地来去，默默地照顾双腿瘫痪的儿子，生怕刺激了儿子。临死前，她还说："我那个有病的儿子和我那个还未成年的女儿……"母亲啊，从生到死，惦记的都是自己的孩儿！乌鸦知道反哺，羔羊知道跪乳。难道要等到子欲养而亲不待时才醒悟，捶胸顿足吗？莫等待，以孝立身，就从此刻开始吧！

而生活中的我们，总是"反"父母的。出言不逊，顶撞父母；愿望不被满足时，满地打滚儿，撒泼，赖地不起；吃独食，不懂分享；有好的环境，不知奋斗，连书都不好好读；十指不沾水，家务不沾手，像"皇帝"像"公主"一样。这也是不孝的表现。

你认为孝离你很远吗？不，不是的。它就体现在你的一言一行中：陪爷爷散散步，给奶奶夹她爱吃的菜，给姥姥捶捶背，给爸爸换双拖鞋，帮妈妈提一些重东西……有些事情只是举手之劳，我们用心去做好它，就能给家人带来无限的温暖。所以，莫等待，以孝立身，从小处做起吧！

倘若你看得见父母鬓角的一缕白发，听得出父母喉中的一点嘶哑，摸得到父母掌上的一层厚茧，你应该知道，生而为人当及时行孝。

我的自画像

大家好，我叫周语墨，这是妈妈给我起的名字。妈妈解释说"语出墨子（墨子，春秋战国时期的哲学家，墨家学派的创始人）"，大概希望我做一个学养深厚的人吧。

我的脑袋圆圆的，像个大元宵一样。我眉心旁长了一颗痣，如果长在眉心上，那得多俏皮呀！我有一对招风耳，耳朵的边缘没有一点儿凹进去的地方。妈妈说这是福耳朵，我却觉得是老天爷怕有人把我和其他小孩儿搞混了，特意做了个记号。

我是一个名副其实的"小书迷"。我一看见书，就像饥饿的狼看见猎物一样，一下子就扑了过去。每天晚上一写完作业，我就会懒洋洋地倚在沙发上，捧着一本书，像蚕吃桑叶那样细品着，妈妈经常说我是个贪婪的"书虫"。有一次，我看见了一本有趣的书，正要翻开看的时候，妈妈却让我去睡觉。我灵机一动，捏着鼻子，娇声娇气地说："妈妈，您就让我再看一页吧！"妈妈哪里顶得住我这样的"猛攻"，只好答应了。我看完了第一页，又津津有味地看起了第二页、第三页……直到在一旁陪我的爸爸都打起了呼噜，才把我从书中奇境拉回到现实生活中。

我还是个小棋迷。当第一次在电视上看见围棋高手们下出的壮观的棋局时，我打心底里佩服他们，同时也十分羡慕。于是，我央求爸爸给我报了围棋班。在围棋班里，我专心地听每一堂课，认真地做每一道题，仔细地想每一步棋，只为了圆自己成为围棋高手的梦！

　　这就是我，是颜色不一样的烟火！我以后要更加努力，做令爸爸妈妈骄傲的墨儿！

我的"元气星魂"

每个男孩心中都有一个英雄梦，我也不例外。这个梦是一种希望，希望自己可以拥有超能力；这个梦是一种力量，觉得自己能够拯救银河系；这个梦是一种自信，让我相信自己并不平凡。

我最喜欢的玩具"元气星魂"系列，就体现了我的英雄梦。

记得我六岁生日那天，一个风和日丽的上午，我和爸爸在超市里走着，爸爸让我挑选一件东西作为生日礼物。我把柜台上的物品全部审视了一遍，最后，一个叫"天驱雷"的变形机器人让我眼前一亮。我看了一眼价格，呀，要一百五十元呢！相当于三百个拼音本的价钱呀！爸爸看到我喜欢，还是毫不犹豫地买下了。

回到家中，我认真端详了一下包装盒才知道，这个系列共有七个变形机器人，每一个变形机器人都有不同的造型、名字和特点。我还从网上得知，这套玩具是一部叫《元气星魂》的动画片里的英雄人物，有的可以变成汽车，有的可以变成飞机，还有的可以变成动物。

于是，我开启了搜集机器人之旅。花了大半年的时间，我终于集齐了。现在，可以进行终极大合体了！我先照说明书上的说明，把它们一一弄成合体的造型，然后又按说明书上的图样拼接，最后，把它们的凸出点和凹进点合并，最后，一个威风凛凛、手拿剑戟的"元气战神"就站在我的面前了。看着自己的劳动成果，我心花怒放，心里像吃了蜜一样甜。

　　每当走过"元气战神"旁边时，我就会想起儿时与"元气星魂"一起度过的快乐时光。

"棋"乐无穷

不知什么时候，我迷恋上了围棋。

两年前，我央求爸爸给我报了围棋班，一进围棋教室，我觉得什么都新奇。上课的钟老师把下围棋形象地比喻成警察抓小偷，引得我们哄堂大笑，也让一些围棋知识在我心中扎了根。

围棋历史悠久，因为下棋时，双方默不作声，仅靠一只手的中指、食指运筹棋子，所以又叫"手谈"。

一尺见方的棋盘，38条纵横交错的线，构成了361个交叉点。黑白色的棋子，是交战双方的"武器"。下棋时，双方通过猜拳决定谁先执黑棋。最终，黑棋目数达到185个算赢，白棋达到177个算赢。而且在下棋过程中，不能悔棋。

学围棋有很多有趣的事儿，令我记忆深刻的是那场围棋知识竞赛。

那天，天下着大雨，我和我的同学打着伞一路狂奔到学术厅，呀，学术厅里人头攒动，人声鼎沸。当我们这些选手就位后，裁判员一声令下，大家立刻开始抢答。我时而站起，时而坐下，脸涨得通红，为了得到一个答题的机会，我的手臂都举酸了，声音也嘶哑了，现场的欢呼声、叫喊声响成一片。最后，我们队以27：10的大比分获胜，我还得到了一个纪念品。竞赛结束，大雨依然哗啦哗啦地下着，可我们的心却沸腾如火。

在围棋班，我们同学之间经常相互挑战。有一次，我和王万师下棋，我攻守兼备，势力强盛，对方不知从何下手，急得抓耳挠腮。突然，他眼前一亮，扭转了局势，我依然沉着冷静、稳扎稳打，终于破了一招，锁定胜局。

课余，我还经常看一些关于围棋的书籍，从中学些小窍门，并灵活利用小窍门打败对手，这就是我的"秘密武器"。

围棋让我的眼界更开阔，让我的思维更敏捷，让我的朋友更多，让我的生活更精彩，我喜欢围棋！

成语接龙

玩耍是小孩的天性，像我就喜欢和爸爸妈妈玩成语接龙的游戏。

成语接龙是一个智力游戏，规则是一个人提出接龙题目，参与人按一定的顺序进行接龙，到谁那里卡壳了，谁就要接受惩罚。谁超过五分钟没想出来，就要被淘汰。

每天晚饭后，我们都要玩这个游戏。我、爸爸和妈妈围坐在茶几旁，按从小到大的顺序，每个人当一次"擂主"。游戏中，轮到妈妈时，她嘴里不停地冒出成语，像鱼吐泡泡一样。争强好胜的我也不甘示弱，一连串的成语从嘴里蹦了出来。爸爸想不出来时，妈妈老在旁边狡猾地笑。我总爱帮助爸爸，可也经常爱莫能助呀！爸爸十分尴尬，只能皱着眉头使劲儿想。

从这个游戏中，我明白了积累的重要性。我们要博览群书，才能厚积薄发。

可爱的小猫

我家养了一只小猫。

如果从上往下看，你会觉得它全身都是黑色的，其实它的腹部却是雪一样的白色。它的眼睛白多黑少，耳朵像两块三角形的巧克力插在头顶上。最有趣的是它的胡子。猫胡子的长度与猫身体的宽窄相等，胡子是猫的一柄活"卡尺"，猫用它可以判断自己所在的位置、场所，了解自己和老鼠的位置关系，还能用胡子测量老鼠洞口的大小，它就能不失时机地捉住老鼠。如果把猫的胡子剃光，它就变得十分呆傻，就像盲人走路没有了拐棍一样，很难捉到老鼠了。

我家小猫很有礼貌，一次，我从它旁边经过时，它就"喵喵"地叫唤，好像在说："你好！"还有一次，我带朋友到家里玩，它以为是坏人来了，就"嗖"地跳到花台上，用警惕的眼神望着朋友。等它跟朋友玩熟了之后，也就"喵喵"地招呼起朋友来。

我家小猫的占有欲很强。吃东西时，喜欢先把口水涂在上面，好像在警告别人："这些东西是我的，你们别想拿走！"然后才津津有味地吃起来。

暑假里，我们全家旅游去了，它也跟着去"旅游"了一圈，可高兴了。

猫生机勃勃、天真可爱，是小朋友的玩伴，也是我们的小帮手。我们家没有老鼠出没，多亏了这位"黑猫警长"。

家乡的味道

清江曲流，缓急有序，古刹巍峨，高香烓烓。人文自然，灵秀无比。

我的家乡阆中，像一位美人，总是呈现出不同的样子。对于这位美人，我最欣赏的是她的味道。

家乡的味道，可谓酸、甜、涩、辣，味味俱到。

酸——保宁醋

小时候，听妈妈说，阆中的保宁醋可以当饮料喝。于是，我把家里的保宁醋拿出来……呀！这"酸爽"让我"陶醉"了。我把这瓶"饮料"一饮而尽。可把我酸死啦！后来，我尝到了真正的饮料醋，那味道酸酸的、甜甜的，可口极了。

甜——白糖蒸馍

馍馍是很常见的面食，但我们阆中的白糖蒸馍从造型到味道都很特别。它胖墩墩的身体被一剖为二，上面盖上圆形的红章，调味的除了白糖，还可以根据自己的喜好加入桂花、玫瑰、蜂蜜等不同物品。冷食时，一入口是粉粉沙沙的感觉；热食时，刚咬下，就能感受到它的软软糯糯。

涩——保宁压酒

古语有云："斗酒诗百篇。"阆中作为状元之乡，怎么可以少了酒呢？我想，杜甫那泉涌的文思，也许是喝了保宁压酒的缘故吧！我大着胆子喝过一回，那味道有点涩，有点辛辣，有点像熬烂了的中药，反正我不敢尝了。老妈说："这就像我们的人生，怎能只有'甜'呢？"

辣——热凉面

热凉面，这个名称本身就有点矛盾吧？

先把面条煮到八分熟，然后把面条沥干水分摊放在面板上，再加一点菜籽油，用风扇把面条吹凉。同时熬好牛肉臊子汤。开吃时，先在碗里装入面条，然后浇上一大勺热乎乎的臊子汤，最后放入诸如韭菜、蒜、香菜等自己喜欢的配菜。我每次吃时，总要加两勺火红的油泼辣子，把那面一拌，夹一大筷子，"嗖"地一下吸入口中，那麻辣劲儿，像一团火在胃里燃烧，怎一个"安逸"了得？去年，我们去海南玩，有半个月没吃着牛肉面，我抓心挠肝地想吃，不牵挂爷爷奶奶等亲人，反倒思念起热凉面了！于是，一回到家，我就让外婆给我做，外婆做的热凉面里有外婆的味道。

石缝外有蓝天

在你只是一粒小种子时，你看到了石缝外的蓝色。哇，像宝石一般，真美！时不时有彩色掠过，是鸟儿们在翱翔，你真羡慕它们。你把自己埋在土里，并默默想着，一定要走出这个石缝！

下雨时，雨点一滴一滴地敲打土地，奏起欢乐的乐曲，你也兴奋地汲取雨水的养分；晴朗的日子里，阳光普照，你快活地吸收着太阳的光和热；即使阴天，你也努力地寻找地下的营养；破土而出后，你连空气中的养分也不放过。只因一个念头：我要长出这个石缝！石缝之外，蓝天在朝你微笑。

有一天，你的眼前突然出现了一块突兀的石头，挡住了蓝天。你与蓝天之间有了这道障碍，仿佛近在咫尺，却又遥不可及。你开始尝试。可无论你如何伸展枝叶都无法绕过它，无论你如何冲刺都无法越过它。它似乎是不可通过的。石头那傲慢的模样仿佛在说："愚蠢的小苗，放弃吧，你永远不可能成功！"但你没有退缩，还更加执着地去寻找破绽。你突然发现，石头的旁边有一条小缝。你知道那儿是唯一的出路。你顾不上太多，鼓起劲冲了上去。一刹那，你感受到了叶片被割破的疼痛，但紧随其后的是突破阻碍的畅快感！蓝天，又出现在眼前！

　　终于，你惊喜地发现，你来到了石缝外！树叶绿得发光，枝干粗壮有力，朴实的小花衬得你更加美丽！风儿呼呼地为你喝彩，小草摇曳着裙裾为你鼓掌。石缝外的蓝天，真美！

为了重聚，所以分别

亲爱的朋友，你还好吗？

还记得考试满分时你自豪的脸，还记得你鼓励我不要放弃时说的话，还记得功亏一篑时我们内心的苦涩，还记得大功告成时我们一同庆祝的甘甜。这是我人生中的第二个五年，也是最快乐的五年。

依稀记得我们友谊的开始是在二年级。那两个许下"一辈子的兄弟"诺言的小孩早已不见踪影，取而代之的是一对有说有笑、同甘共苦的好朋友。那个幼稚的、天真的我们不见了，而我们一生的承诺却从未改变。

五年级，许多同学发疯似的学习，只为走出阆中这个小城市。我们都是班上的佼佼者，为了取得好分数大家都在努力。但学习上的你追我赶并没有影响我们的友谊，反而让我们更加要好。后来，由于家人的期望，你不得不转去绵阳上学。那一刻，我选择了沉默，我知道，注定会有这么一天。

夜深人静的时候，我会静静地流下眼泪：真的就必须分开吗？同窗五年，真的说走就走吗？这一切，我真是不舍。

现在，我终于明白，所谓的"一辈子的兄弟"，其实我们实际朝夕相处的时间只有五年。友谊真的能经得起岁月的考验吗？友谊真能常存吗？也许只有时间才知道。

朋友，面对分别，大可坦然些，没有哪对朋友能永远在一起。请让我们相信，分别时的悲伤，是为了成全我们重聚时的喜悦啊！

愿做一缕清风

那个满怀志向与抱负的少年，那个意气风发、平步青云的青年，他，无所畏惧。那个敢于直斥奸党王振的青年，那个为了国民付出一切的青年，从未变过。他，叫于谦。

德胜门前，我们看到了一个特别的于谦：投笔从戎的他，为了身后这片土地，甘愿牺牲，不求回报。

血战沙场，不求官名，只为百姓。

坚定不移，不为利益，仅因国土！

这是我们生长的地方，这是我们的家，怎能容忍你肮脏的铁蹄随意践踏！我们所保卫的人民百姓，不是任你宰割的羊羔！

保卫自己家园的人总是有无限的勇气的，从懵懂的少年到年轻的官员，从直言被捕的愤慨到保家卫国的坚定，从凯旋的荣耀到被害的悲哀，他的一生，也算是一波三折吧！他永远是那个不忘初心的于谦。

纵观他的一生，果敢、坚定是他的个性。几十年官场沉浮，他依旧清廉、正直，带上两袖清风便敢行走天下。那个陈旧的誓言已蒙上岁月的尘雾，但那为国效力的志向一直没变。

翻开陈旧的书本，一缕清风萦绕在我的心间。

家人

　　这天，小雨微微，"猴子"没有来上学。走出校门，我看见他的母亲急急忙忙地奔过来。她脸上冒着热气，问道："你们见到侯小琦了吗？"看着她急切的样子，我掐了掐身边欲言又止的好友，说："没……没看见。"说罢，我们便匆匆离开了。

　　我们都知道，侯小琦的父母离异了。在他生病的情况下，很难让他爸爸同意让他母亲见他。我们谁都不忍心看到一个母亲见不到自己孩子的模样，我们也不敢想象在生病时没有母亲呵护的侯小琦心里是什么滋味。

　　谁都不希望父母离异，谁都想要一个和谐美满的家庭。各位父母，在你们一时冲动、想一刀两断时，请在心中刻下"责任"二字，请再考虑一下孩子的感受吧。

　　作为家庭的一员，我们也应该学会为父母分担，也要用实际行动回报父母。也许他们很严厉，也许他们的学问不高，也许他们会做出许多你反对的事。但无论怎样，他们的做法都有一个共同的出发点——爱。不要为了获得一些东西就胡作非为，不要因为自己的一时之欢使得家庭支离破碎。一声责骂、一根棍棒，我们能承受，我们也能为了父母的期望一次又一次地改变自己。想到父母的辛劳，我们努力超越自我，披荆斩棘，要做一个堂堂正正的人！

　　家是父母与孩子共同的港湾，每个人都会因为爱而改变自己。为了家庭和睦，每个人都要付出，不论大人还是小孩，我们都要努力做到珍惜家庭，珍爱家人。

书之四说

书之色

那些缤纷的封面、那些美丽的插图、那些精致的绘本，虽被一翻而过，却闪现出赏心悦目的绚丽色彩。书的世界，总是那么光彩夺目。卖火柴的小女孩在黑暗中乞求，鲁滨逊在海上乘风破浪，每一个人物都被赋予了独特的命运，都展现出他们独特的性格底色。

写一本好书，就是做一个好人。

翻阅时，那些精致的书封仿佛褪去了华丽的颜色，保留下朴实无华，携上真情实感，去真诚地面对每个人。

书之味

在读书时，我总喜欢把鼻子凑上去闻一闻真实的书香。那是纸的朴素与水的雅致混杂在一起的味道，这是儿时幼稚的想法。现在再闻，有薄荷的清香，也有花香，还有一种萦绕于心间的芬芳。读一本好书，如同享一顿美餐，品一杯好茶。这真是一种奇妙的味道。

书之声

哗哗翻动书页的声音，是美好的；琅琅的读书声，更加动听。

许多人认为，看书等于读书，其实不然。我们在看书的时候，若也能读出声来，那便是真正意义上的朗读。

每个人都可以插上阅读的翅膀，但若你不愿飞翔，这翅膀也就没有意义了。在阅读书本的过程中，你的朗读会使你真正进入文字，使那些优美的词句所蕴含的情感再次升华，令你深刻感受到书的魅力。

书之触

每次翻阅这些书籍时，我都感觉像是在与一位位好友聊天。阅读这些文字，就像在抚摸一个个小精灵，也像在与他们拥抱，与他们一起欢笑。

你若是喜爱书，便会主动去享受书带来的快乐，便会选择各种方式去喜爱它们。

父爱，是一种力量

世上有一个人，默默将我们支撑；世上有一种爱，常常令我们心暖。这个人就是父亲，这种爱就是父爱。对于我而言，父爱是温和、安谧与可爱的。

这个夏天，我准备参加南充地区的围棋业余段升段赛。在经历一次失败之后，我更加迫切地希望成功，来证明自己是有实力的。爸爸为了给我树立信心，花费许多工夫才调了班，与我一同前往南充比赛。

来到十中的赛场，这里已人头攒动，人声喧嚷。找到比赛的具体地点，比赛马上就开始了，爸爸一直为我加油打气，我也信心倍增。

比赛开始了。场地里一直静悄悄的，呼吸声也很微弱。我注意到，爸爸一直在窗外用眼神鼓励我，我感到一股力量充盈我的全身——一种来自爱的力量。

在这爱的力量的鼓励下，我轻松赢下前两轮，有些飘飘然了。第三轮时，果然骄兵必败，我输了。走出赛场，我走到爸爸跟前，竟号啕大哭起来。这可怎么办，又拿不了段位证书了。爸爸安慰我说："一次的失败并不重要，重要的是你能否战胜自我，汲取教训，从此藐视、战胜一切困难。不要气馁，莫要悲伤，路还很长。"听了爸爸的话，我仿佛一只重获新生的小鸟，又欲展翅翱翔。

接下来我重振信心，连扳回两局，并在最后一轮的最后时刻锁定胜局，搭上了取得段位证书的末班车。真惊险啊，我想，这一定是爸爸带给我的好运。

在名利的海上，欲望会把你卷入深渊，但爱你的人，就是承载你的坚不可摧的战舰。

榜样

"滴答，滴答，滴答。"

雨，渐渐地下了起来。在这个寒冬的黎明，雨点打在雨棚上，落到大街上，飞溅在路灯下，发出的声音在宁静的晨光中清脆地响着，令人难以入睡。

我揉着迷蒙的睡眼上学去。晨曦微露，借着路灯，我望见远方有个若隐若现的白色身影。

"谁这么早起来干活呢？"那个白色身影越来越近，仔细一看，原来是位老奶奶，老奶奶是个环卫工人。

老奶奶戴着斗笠，穿着雨衣，一身白色。来到她面前，我看到她的脸上已布满沟壑，但仍然微笑着在工作。

她用龟裂的手指紧紧地握住扫把，每扫几下，就要对着手吹几口热气，以免手被冻僵。那股热气透过指缝，融入冰冷的空气。

"老婆婆，您为什么起这么早来打扫？"我不解地问。"小朋友，那你说我在家又能干些什么呢？"说到这儿，她那饱经风霜的脸上又露出了灿烂的笑容，"孩子，你知道我们阆中是块风水宝地，对吧？如果说有人乱扔垃圾，又没有人打扫，咱这宝地可就是垃圾场啦！""那您为什么不让年轻人来干呢？""他们可要干大事业，这些小事自然我来啦！而且我天天也不能游手好闲吧？"

"嗯，我懂了。老奶奶再见！"

来到学校，回想这件事，我不禁思绪万千。难道只有老人才能做环卫工人吗？我们也应该在课余时间里爱护环境，抽空参与打扫大街小巷，做一个小小"城市美容师"！

榜样，就在身边，让我们一起行动吧！

阆苑嘉陵水

嘉陵江边，垂柳依依；嘉陵江上，画舫闲逸。

我的家乡阆中，是一座依山傍水的小城。这水，指的便是我们阆中人民的母亲河——嘉陵江。

春姑娘踏着欢快的步伐，悄悄地越走越近。万物复苏之时，嘉陵江似乎也立刻容光焕发，变得生机勃勃，漫长寒冬里的寂静荡然无存。一条条小鱼跃出水面，划出一道道美丽的弧线；一阵微风吹过，江面荡起阵阵涟漪，柳树仿佛羞涩的少女，在风中婆娑起舞；时不时还有些新叶、小花落入水中，满载春天的生机与活力向前驶去，不停地飘啊，飘啊，飘向彼岸，飘向远方……

烈日炎炎，也许是再也受不住夏日骄阳的炙烤，嘉陵江怒了。一瞬间，四处是水龙，到处是泡沫。像脱缰之马，似猛虎归山，如蛟龙出水，嘉陵江这时的气势可谓排山倒海，令人望而生畏。

不过，夏天也是个钓鱼的好季节。钓鱼人特别喜欢来这江边，鱼篓满，喜悦；鱼篓空，也喜悦。

寂静、寒气逼人的冬天，偶尔下起大雪，嘉陵江又有了另一番情趣。在云气一点点消散的清晨，嘉陵江浸润在白雾之中，不一会儿，下起雪来，纷纷扬扬的雪花缓缓飘落，一片一片地与江水融为一体。

这是一条美丽的河、可爱的河、十分有用的河，我们的生活离不开她。

果子熟了叶儿枯

"时光时光慢些吧，不要再让你变老了，我愿用我一切换你岁月长留……"一曲歌，让多少人泣不成声，泪如雨下。随着我们的长大，父母却老了。

记得三四岁时，我像是一匹放荡不羁的野马，走到哪儿，都喜欢撒开脚丫子乱跑。

有一次，爸爸带我去沃尔玛超市闲逛，我一直安静不下来，左摸摸，右碰碰，到处飞奔，感觉整个世界都是新奇的。这样乱跑，肯定会出事。正当我猴子似的乱窜时，脚下一打滑，头便撞在了图书架的尖角上，血止不住地流。我一摸有血，吓得哇哇大哭起来。爸爸急忙赶来，找到医疗箱，翻出创可贴给我贴上，又背着我径直跑到街上，拦下一辆出租车就去了医院……

事后，回到家中，喝着鲜美的鱼汤时，我心想：还好有个遇事沉着冷静的爸爸，要是妈妈摊上这事儿，可能哭得比我还凶吧！感谢老爸，把我从鬼门关拉了回来。

熟睡中，我突然被噩梦吓醒，大喊着"妈妈"。这时，妈妈赤着脚光着腿跑过来，把我搂在怀中，轻轻拍打着我的肩膀："小宝，别怕，别怕……"

父母的爱，是一缕阳光，温暖、舒适；父母的爱，是一泓清泉，清凉、沁人心脾；父母的爱，是一棵树，撑起亲情的帐篷！

倘若你见到父母头上的一缕白发，吻到父母额前的一片"波纹"，抚摸到父母手上的一层老茧，你心痛吗？父母竭尽一生，付出所有，无怨无悔，只为了那一声"爸妈"。

果子熟了，叶儿就枯。我多想时光慢一些，不要让父母那么快变老啊！

盛夏，我在西湖漫步

　　"西湖美景，三月天哎，春雨如酒，柳如烟哎……"杭州西湖颇负盛名，为了一睹她的风姿，我们一家三口不顾酷暑的"洗礼"，顶着烈日，来到了杭州，只为一睹这美丽的西湖。

　　我们乘车来到九溪，顺着石子路走了会儿，便到了龙井村。买了些西湖龙井茶，我们又坐车去曲院风荷。沿着林荫小道走到湖边，我看到晨阳下的荷花显得格外光彩夺目，仿佛一个个娇柔的少女正踩着轻快的舞步。荷叶上的水珠犹如一颗颗晶莹剔透的珍珠，微风拂过，珍珠滑落水中，溅起点点水花；水花宛若盛开的白莲，在与一旁的荷花比美。湖水波光粼粼，在阳光的照耀下，好像千万点星光在闪耀。

　　走出曲院风荷就到了苏堤。我随口吟诵起"水光潋滟晴方好，山色空蒙雨亦奇"的诗句，觉得东坡先生才是最了解西湖的人。之所以有"苏堤春晓"的景致，也是得益于时任杭州知州的苏东坡。苏东坡带领百姓疏浚西湖，将淤泥垒作堤坝，连接了南山北山，形成了"长堤卧波"的景观。后人为纪念他，便命名为"苏堤"。远看苏堤，好像一条碧绿的缎带，又像一条横跨两岸的青龙。走上苏堤，只觉得绿意扑眼而来。苏堤中间是一条平坦的路，两边有花坛、草坪，还有柳树、桃树、玉兰、桂树等造型各异的树木。清一色的绿，给人以幽静雅致、浓翠欲滴之感。伸手摸一摸湿滑的树，黏黏的、凉凉的。堤岸两边与湖水相接的地方，有一条窄窄的青石板小径，我和爸爸走累了，就坐在小径上，我把脚伸入湖水中，哇，好沁凉啊！苏堤上有名的还有六座拱桥，从南到北依次是映波、锁澜、望山、压堤、东浦、跨虹，我想这些桥都是有故事的吧！

走在苏堤上，无论在哪里看两边的西湖，都是一片美丽祥和的景象：青绿的湖水有时漾起波纹，有时水平如镜，画舫与游船轻轻划过，悠闲极了。

走完了长长的苏堤，我觉得意犹未尽。想起了白娘子，我们去寻找雷峰塔，在雷峰塔内观看了《白蛇传》故事的全景雕塑，到雷峰塔顶层欣赏了西湖的全貌。我们还去了岳王庙，目睹了岳飞的英姿，也鄙视了秦桧等人的丑恶嘴脸。

三潭印月、平湖秋月、断桥、白堤、花港观鱼等景点，我们也一一饱览了她们的风姿。

美丽的西湖，真像是玉皇大帝遗落人间的一颗明珠，通透清丽。在我的脑海中，我已经画下了她的每一棵树、每一朵花和每一寸土地。

丁酉年盛夏记

雪

　　清新的空气飘到屋里，爸爸大叫着："墨儿，快来看，下雪啦！"我本来还揉着惺忪的睡眼，一听到这话，瞬间睡意全无。"哪儿呢？在哪儿呢？""这儿！"我跑到窗前，一群洁白可爱的小精灵正向我招手呢！像被撕破的棉絮，像飘扬的芦苇，像纷飞的鹅毛，像从天而落的梨花，是那么美，那么自然。

　　生长在南国的我，最憧憬那银装素裹的世界。可在我的印象中，故乡的冬天除了冷一点，衣服要多穿一点，太阳比平时出来的更少一点，与其他时候并没有什么区别。望着窗外纷纷扬扬的雪，我倍感兴奋，这可是我有生以来在家乡见到的第一场雪啊！虽然这雪并不算大，可对于南方的孩子来说，已经很令人快活啦！

　　第一次接触到雪，是在成都的西岭雪山。但那次的雪很脏，夹杂着泥土的灰色与土黄色，而且硬邦邦的，没有雪本来的松软，游玩的人们都抱怨着。但我想，南方能有雪已经很不错了，管它脏不脏、硬不硬，像不像北方的雪呢！

　　那年在西安，我才第一次真正见到了雪。那雪是柔软的、洁白的，踩上去可舒服了。用手捧起来些，便慢慢地融化成了晶莹剔透的小水珠。

这些洁白可爱的小精灵，在灰暗的暮色中，跳着白雪王国的舞蹈，又像一个个动听的音符，在谱写着一曲白色调的欢乐乐章。

西行记

　　这里，曾是世界的中心；这里，是十三朝古都；这里，灿烂的文明欢跃着；这里，华夏文明的根系延续着。

　　初到西安，我们便去了华清宫。"春寒赐浴华清池，温泉水滑洗凝脂。"怀着激动的心情，我们步入大门。这门是一字排开的五间仿唐建筑，房檐下悬挂的是"华清池"的金字匾额，它是一代文豪郭沫若先生所写。一路上，游人如织，应该都是读了《长恨歌》慕名而来的吧！走了一会儿，我便看到了杨贵妃沐浴的蜡像，杨贵妃彩衣飘飘，肌肤似雪，被众多侍女簇拥着。再走几步，九龙池、飞雪殿等也映入眼帘。随后，我们坐上缆车，便上了老母殿，向山顶的烽火台进发。

　　起初，望着南方不可能有的很厚的积雪，我很兴奋，走起路来活力四射，虽然山有些陡，石阶也一眼望不到头。可慢慢地，"之"字形的、"一"字形的阶梯让我晕眩，我对一直走这种阶梯感到十分厌倦。就像在赶路似的，哪像在游玩景点嘛！更要命的是，我的腿也疼起来了，顿时，"咱回去吧"的想法冒了出来。可是，一想到"世上无难事，只怕有心人"，我又坚定了信心。于是，力量又回到身上，出发！走了许久，终于，"噩梦"结束了。望着雄伟的烽火台，我真想大喊一声："我成功了！"许多年前，周幽王在此烽火戏诸侯，褒姒一笑因而倾国；多年后，另一位美女又在此沐浴，这还真是个有趣的缘分。离开烽火台继续向下行，我们走过日月亭、兵谏亭、昭阳门，尽览骊宫美景，我不由得想作诗一首：

> 骊山东阳桃枝艳，华清温泉贵妃暗。
> 索道一飞烽火台，褒姒狼烟为笑谈。

本来我对于兵马俑并没有多大热情，可听到导游说这是世界八大奇迹之一，又望见兵马俑博物馆的雄伟，我就有了好奇心。以前总是看见关于它的图片、文章，可从未真正观赏过实物，今天能亲眼观之，这简直是一种荣幸。

走进一号坑展馆，远望或俯视，从各个角度观看，我既震撼于其恢宏的气势，又惊叹于古人的能力。在没有机器的辅助下，紧靠一双双手，古人就制造出了这庞大的"陶俑兵团"。这时，我既愿久立四望，又想仰起头，闭上眼，回味这瑰宝的无限魅力。

来到另一个展馆，我们更近距离地看到了这支队伍。有的昂首挺胸，似乎要立刻走上战场，与敌人殊死拼搏；有的颔首低眉，好像在思考要用怎样的战术；有的远眺四方，好像在思念远方的亲友；有的紧握双拳，仿佛与敌人有深仇大恨，恨不得一口咬死他。能与这些无价之宝只隔一层玻璃近距离接触，真是无比幸运。

我们缓步徐行，留恋地离开，还真是有些依依不舍呢。

上元记游

"十五的月儿十六圆",但我们正月十六这天可不只赏圆月。对于咱阆中人民来说,在这天进行"游百病"可是一年中的大事。在这天,我们一家三口选择了"群山一日游"。

我们坐渡船过了嘉陵江,二话不说直接向元宝山山顶进发。一路上,行人很密,才走了不到一半,便热了起来,我又脱衣服又挽袖子,汗流浃背的。好不容易爬上了顶,本以为可以休息许久,可一望还有个"仙梯入云",顿时感到天旋地转。没办法,冲啊!我费力走完近乎垂直的仙梯,汗水已经可以当强力摩丝用了,头发紧紧贴在头皮上。走过最累的路,剩下的就是欢欢喜喜地游玩啦!继续向状元洞进发!

来到状元洞前,仰望石顶,青苔与岩石构成一幅美丽的平原风光图,绿草、牛羊群都栩栩如生,这真是大自然的鬼斧神工。

爬到洞内,里面很潮湿,还有水的"滴答"声。很难想象数百年前,陈氏兄弟正是在此生活学习,并考上了状元。在洞壁上,仍保留着宋真宗的真迹。我发现,石洞边有许多立着的石块,听爸爸说,这些竖着的石头,象征身体健康、生活顺意之义。

依依不舍地离开状元洞,绕过一大片金黄的油菜地,我们来到通向白塔的石阶下。"噩梦"又开始了。我一个箭步向上冲，把爸爸妈妈甩在了后面。等他俩上来时，妈妈已经筋疲力尽，一屁股坐在石凳上，耷拉着头，打起了瞌睡。

夜幕降临之际，我们终于登顶了。俯瞰城中，灯火通明，金碧辉煌。嘉陵江转为暗绿色，在灯光的照耀下熠熠生辉。几座桥横跨两岸，桥上灯光闪烁，仿佛镶上了彩色丝带。特别是金龙大酒店，远望金灯闪耀，众多金黄的灯光，勾勒出一个拱门的形状，闪亮而又夺目。

下至桥头，我回望高塔，只见塔身霓虹闪烁，华灯璀璨。

知足常乐

不知什么时候，我头顶的"黑森林"又长高了。于是，我又来到了这间熟悉的屋子，这熟悉的理发店。

我一跨进店门，老板便笑着对我说道："你要理发？先坐会儿吧，大概十分钟就好。"我看到，对待每一个消费者，他都会与其交谈，不管男女老少，每个人离开时，总会留下会心的微笑。"她要烫头，可能要再等一会儿……""没关系。"我看见他抱歉地笑了，他的笑似乎具有魔力，可达到语言之上的境界，与他对视，看到他眼里的笑意，我就很快乐。

他有两个孩子，一家四口的生计都要靠这家店。他们夫妻俩是这店里仅有的两位员工。生活似乎有些压力，可他们仍旧笑对生活，看起来很轻松。

到我理发了，他说着考试的话题，还问我考得怎样。本来算正常发挥，可经他与这与那一比较，弄得我竟对自己的成绩很骄傲。

我又问他准备招员工、徒弟否，他又笑笑，说："你这孩子，懂得真多。不过这事没打算，我可不想把技术传授出去。再说了，有人帮忙我不就闲着了吗？就失去了与人交谈的趣味啦！自己干虽然累，可这样很充实、快乐呀！"我点点头。

　　"咦，毛巾是一次性的了？可惜啦！"

　　"你真是个'好奇宝宝'！我给你说呀，这毛巾……"他又侃侃而谈，脸上洋溢着笑容。

　　也许，这就叫知足常乐吧！

开学第一天

天下着小雨，雨水却没有浇灭我的热情。我来到学校，教室里嘈杂吵闹，几个好友涌过来，我们热热闹闹地谈着暑假都去了哪儿。虽然只俩月没见，却好像过了好些年似的，我们又是拥抱又是击拳。

我同几个好友勾肩搭背下楼领新书，看见低年级的弟弟妹妹，不禁想起几年前的我们，那几个好朋友似乎也怔住了，其中一个问我："觉得时间快吗？"一时大家都沉默不语。我盯着眼前的一切，想起自己原定的要考"哈佛"的理想，愈发觉得肩上的担子沉重了。

新学期，就这样悄无声息地开始了。经过校园里的一棵树时，一片叶子随风飘了下来，擦过我的肩头，又旋着掉到树的根部。树旁边，一个同学正翻着新发的语文书，默默地记诵着什么。我的思绪飞了起来，我想，我会像以前一样认真学习，做个好班长，还会有同学和我一起嘻哈玩乐吗？可能大家，包括自己都融入想考入重点初中的气氛中去了吧？有的同学已经在计划如何考试，还问我如何备考。认真学习，我当然赞同，可有必要把自己搞得像一条碌碌虫一样忙东忙西吗？把学习这件本来很快乐的事情弄得像进入了压力舱，有些本末倒置了吧？学习也好，考试也罢，有严谨认真的态度固然重要，但也不能失去了轻松平和的心态。只有二者皆备，才能在这场"战役"中胜利。

所以，同学们，在新学期里，抱着一种平和的心态，面向属于你我的明天，共同努力，一起进步吧！为了学习本身而学习，可不单单为了考试！

想起初上小学时，我们像一群活泼可爱的鸟儿，唱着欢乐的歌，兴高采烈地飞进美丽的校园，那一幕幕恍如昨日，时光飞逝，此时，我们已是五年级的学生了。时间真的不等人，我们都在长大……

五湖四海笔作舟

攀登过雄奇险峻的剑门关，抚摸过鬼斧神工的石林奇石，聆听过南海的声声浪涛，静观过西湖的柔柔水波……我们能踏遍千山万水，但不能一一铭记，如果行走在旅途中，携上一支笔，让眼中所见的一幕幕流淌于笔端，这旅程便会化作永恒了！

是的，我要带上心爱的笔一块儿去旅行。看见小鸟在枝头叽叽喳喳地唱着，我就拿起笔写下欢快的句子；看见寒风呼呼地刮着，把小树吹弯了腰，我就拿起笔画下树悲伤的身影；看见蝴蝶在花丛中飞来飞去，蜜蜂在采蜜，阳光照耀着大地，我就拿起笔涂抹出绚丽的色彩……在行走中，遇到美丽的景色，我不想只是啧啧赞叹，成为"打酱油"的匆匆过客，我要让它们成为我记忆中的宝藏。

旅行中，遇到不同的地域文化，我也想让笔代替我记住它们。到了希腊，我沉浸在苏格拉底、亚里士多德等人思想交锋的哲学氛围中，面对面地感受希腊神话的韵味；到了广东，会从许多人口中知道"呻饥莫呻饱"（抱怨饥饿却不可抱怨饱）之类的餐桌礼仪；到了云南，会了解到景颇族村寨悬挂着的牛头骨是不能摸的，佤族人的门前若放置着木杆，你就不能进门……哇，太多不同习俗！若这些全用大脑记，可能大脑会吃不消吧？所以，我拿起心爱的笔，逐个写下来，留着将来细细品味。

　　一支你喜爱的笔，就是一个全能相机，用它拍下的照片，有图案，有色彩，有温度；一支你喜爱的笔，也是你的一位亲人，默默地跟随着你，静静地听你倾诉；一支你喜爱的笔，还是一叶小舟，五湖四海伴你游。

秋思

秋风四起，几片枯叶落到诗人张籍的额头。客居洛阳的张籍，看到眼前这片凄凉的景象，心中不禁泛起一阵波澜。

"哎，不知带病在身的父母是否身体健康，年幼的儿子能否有好好学习，妻子是否能够照顾好家人，她自己又是否健康？"

"秋天天已经转凉了，妈妈会像儿时一样给自己织棉衣，又会像以前一样做一些美味的桂花鸭吗？"

"咦，这不是张兄吗？"这句话从背后传来，张籍扭头一看，原来是老乡王兄。"我正想家呢，你不想家吗？"张籍问。"呀，正好，我做完这笔生意就要回去，我帮你捎个信吧！""太好了！"张籍惊喜不已，立刻跑回了屋。

信写好后，张籍看了又看，总觉得没把自己心中的千言万语说清楚。总算写好了，他将信封好，交给了王兄。王兄才刚要起程，张籍又拿回信，看了看，唯恐有丝毫疏漏。一切终于就绪，王兄出发了。

张籍伫立在城门边目送王兄远去，心想自己也一定要早日归乡。

摇花乐

中秋节的清晨，一股浓郁的芳香沁入我的心房。起床，揉着惺忪睡眼，我步入小院。一见那繁星般点缀于绿叶丛中的桂花，我一下子睡意全无。凑近瞧瞧，那花儿朵朵嫩黄，又泛着一层淡淡橘色，就像是一位位小公主，娇滴滴的，那些叶子仿佛一位位忠诚的卫士，守护着可爱的"小公主们"。

我连忙去叫醒妈妈："妈妈妈妈，快起来快起来，桂花都开了，要摇桂花啦！"妈妈走到院子里，我仍在一旁碎碎念："你闻，多香呀，该摇啦……"可妈妈一看那桂树就笑了："你这傻孩子，这花才刚开，要再过些日子，等它们成熟了，才到摇花的时候。"

可刚过两天，天上突然阴云密布，妈妈知道要来狂风了，赶紧让我们摇桂花。"摇下的花朵才完整新鲜，若被风雨吹落，那香味可就差远了。"我开心坏了，立马上前紧抱住树，使劲摇啊摇，桂花纷纷飞落，如一场飘扬的绵密大雨。我闭着双眼，深吸一口气，"啊，真香啊！真像下雨，好香的雨呀！"可是，仍有数朵花不肯下来，仿佛很眷恋这个温暖的家。我又摇了一阵子，弄得满头满身满地都是花儿，抖落了身上的，又弯下腰去捡落在地上的，不一会儿就装满了几大筐。

望着眼前这么多桂花，我暗自庆幸，当美丽无瑕的荷花

"菡萏香销翠叶残"，当高贵典雅的牡丹无奈于萧瑟的凉风，我家小院仍有桂花香气满园。谢谢桂花，你们如同一群可爱的小精灵，为凄美的秋增添了一道亮丽的风景线。而且还能做桂花饼、桂花糕、桂花茶、桂花酒。

我爱桂花，爱它的芳香，爱它的可爱，爱用它做出的各种美味。

讨厌的"隐身人"

"嘀——嘀——""喔儿——喔儿——"吵死了！吵死了！刚从睡梦中醒来的我，就被楼下的噪音吵得心烦意乱。

近年来，由于科技发展突飞猛进，环境污染已成为一大社会问题，而噪音对人类的危害也是其中之一。从生理学观点看，凡是干扰人们休息、学习和工作的声音，统统称为噪音。听爸爸说，超高分贝的噪音甚至能致癌！真是太可怕了。

据调查，噪音对人们有几大危害：影响学生学习能力，使他们容易烦躁，不能认真学习；降低成人的工作效率，使员工的记忆和工作能力下降。在此情境中，噪音让人感到焦虑、悲伤、不安和恐惧；它还损坏听力，甚至能引发致命的心脏病……种种迹象表明，噪音这个"隐身人"罪大恶极！如果我们一直生活在噪音的危害之中，可能不久后就会生病！想想就不由一颤。

有没有办法打倒这个"隐身人"呢？

有。就让我们从自身做起，从小事做起，循序渐进，逐步消灭它。在公众场合，不要高声语；夜深人静时，即使在自己家里，也要轻轻地活动；开车时，不要乱鸣喇叭……我想，如果我们大家都能这样做，噪音这个"隐身人"就一定能远离我们。

垃圾桶的倾诉

大树伸展着翠绿的手臂，小溪唱着欢快的歌儿，蝴蝶在花丛中翩翩起舞，阳光洒向大地，透过密叶，像落了一地碎金。新的一天又开始啦。

我是一只小小的垃圾桶，立在草地上，正享受着这春光。突然，一团黑乎乎的东西飞过来，原来是一大袋垃圾。它重重地砸向我，里面恶臭熏天的垃圾倒了出来，散落了一地。路人都捏着鼻子快步走开了。

就在这时，两个小孩走了过来，原来是小勇和小可。小勇见地上又脏又臭的一大堆垃圾，顿时怒目圆睁，眉毛倒竖，咬牙切齿地说："谁这么没有公德心？再走一步就能扔进垃圾桶，偏偏要丢在地上！"小可也脸涨得通红，十分愤怒。

小可弯下腰，指着地上的垃圾，扭头对小勇说："别抱怨了，那样没用。来，一起捡垃圾吧！""捡完这些垃圾，保得了一时却保不了一世啊！""那你想想办法吧。"小可说完便把垃圾一点一点捡进我的肚子里。不一会儿，我周围又变得干干净净。再瞧瞧小勇，只见他正从书包里掏出一大张白纸，趴在地上做成一张警示牌，警示牌上写着：文明只差一步。然后，他又把它贴在我的身上。我顿时觉得全身温暖极了。

小可看到小勇的举动，非常高兴，向他竖起了大拇指，说："你真棒！这样大家都知道要保护好环境了！"两个可爱的孩子，抱着对美好环境的憧憬和对美丽生活家园的祈盼，手牵手离开了。

是呀，文明离我们是很近的，只有一步之遥。希望这两颗美好的心灵能感动他人，让更多人参与保护环境，爱护咱们的家园！

汉字于心，爱意永存

每当我看到一个又一个汉字时，就觉得它们仿佛是一个个活蹦乱跳的小可爱，欢欢喜喜地跑进我的作文本里，等待我把它们组合成一篇篇优美的文章。它们可不是僵硬的符号，而是一群有灵性的小伙伴，环绕在我们的身边。

人们常说，兴趣是最好的老师。小时候我有个令我无比崇拜的偶像——孙悟空。于是，爸爸妈妈抓住我这个爱好，让我接触了"悟空识字"这个游戏。第一次试玩之后，我便沉醉其中了，日日夜夜想着它。这个"悟空识字"游戏软件，针对性较强，通过生动有趣的学习方式，让孩子记住汉字。之后上小学一年级了，老师还夸我认识的字多呢，同学们也都向我投来羡慕的目光。这微不足道的小小光荣，也是"悟空识字"游戏的馈赠。

"悟空识字"教会我认识汉字，让我能在书山中自由奔跑，畅快呼吸！后来，我又爱上了"汉字新解"这个游戏。

有一天，我在品味"鲜嫩多汁"的"营养品"，妈妈在翻阅档案。"瞧，这'丛'字真奇怪！"我对妈妈说，"你看，它上面俩'人'，下面一横，我觉得这字儿不能念'丛'的音，它应该念'床'！"妈妈哈哈大笑。"您看，这像不像我和您一起坐在床沿上读书呀？应该念'床'呀！""傻孩子，汉字不一定要像我们心里认为的'本应该的样子'，它有它自己产生的道理。也许你觉得某些字奇奇怪怪，但在汉字创造者看来却是合情合理的。""噢。"我笑着点点头，把妈妈的话记在了心间。

像漫步在春天美丽多娇的花海中，像徜徉在夏日浩瀚无边的星空下，像倚靠在秋天挺拔清朗的古树旁，像沉浸在冬日幸福快乐的雪趣里，我每天都在汉字王国里畅游，它们是我亲密的朋友。

我爱你，中华汉字。

我和汉字的故事

在书桌旁阅读书籍，瞧见"日"字，我又想入非非了：人们见太阳又大又圆又亮闪闪地高挂蓝天，便画下了一个圆形，可又想到"金无足赤，人无完人"，太阳应该也是有缺陷的，于是又多加上了一点，算是太阳的"污点"吧！就这样，大家所熟知的象形文字——"日"字诞生了。

且说"曰""日"两兄弟，经常一起相继出现，又长相神似，一会儿是"日"长胖变成了"曰"，一会儿是"曰"减肥变成了"日"。于是，我笑话百出。

有一年大年三十，我们一大家子人到乡下外公外婆家过年。大家吃团圆饭正吃得热闹，我便背起了《三字经》给大家助兴。"人之初，性本善，性相近……日春夏，日秋冬……"大家听得一头雾水："咦，这是什么意思？"还好妈妈反应快，一边往嘴里送东西吃，一边大声地指出我的错误："背错啦！背错啦！是'曰春夏'，才不是'日'呢！'日''曰'不分，还表演什么呀！"大家这才恍然大悟。我也不好意思地笑笑，继续我的表演："日曰月，日星辰……"这回又是什么意思？大伙儿再次被我送上了"云雾里"。"不对！是'曰日月'！墨儿，你又背错了！"妈妈乐此不疲地给我指正。"'日曰月'是什么意思？周马虎！"爸爸也哈哈大笑。于是，我不作声了。再这样背下去的话，又错得牛头不对马嘴，那可就真是四个字儿——丢人现眼。以后一定得认真记住这一对胖瘦兄弟——日和曰，不再闹笑话。

汉字是中华文化的瑰宝，只有认真学习才能将它们发扬光大。我们要是写错或读错，不说罪该万死，至少也玷污了纯美的文明，应该好好反省。

原来，历史如此精彩

从大禹治水到战国纷争，从三国鼎立到大唐盛世，从横扫大漠到清廷衰败，从日寇侵华到泱泱大国，中华历史上千年，且谈：史书伴我行，大明之史够精彩。

当年明月说，历史很枯燥，但是枯燥却往往孕育出精彩。

这是他的看法，也是我的。许多人认为历史似乎是定好了的。你出场后我又来。其实，历史就是一部电视剧，只不过它很特别——没有预定的导演，没有预定的剧本，没有预定的台词。是主角还是配角，是正义还是邪恶，关乎历史人物自己努不努力的问题。

元末农民起义，朱重八（朱元璋）得以脱颖而出，从小兵到将领再到统帅，最终战胜一切对手，踩着无数人的尸体，挥舞着大明的旗号，在血雨中站了起来，成为一朝天子，从茅屋走向大殿，从农民成为皇帝，这还真是个值得探究的故事。

从洪武大帝再到日暮西山，大明王朝的光辉被后人牢记。靖难之役，仁宣盛世，名人无数，现于其间：运筹帷幄、决胜千里的刘伯温；战无不胜的一代名将傅友德；弃去笔墨、身披盔甲、保家卫国的于谦；敢于直言的海瑞；政治奇才张居正，等等。有忠，也有奸；有善，也有恶，正是他们谱写了一部部壮丽史诗！

历史不仅仅是一本本厚厚的书，还包括权力、希望、痛苦、愤怒、犹豫、冷漠、热情、刚强、气节、度量、软弱、孤独、宽恕、忍耐、正义、邪恶、清廉、勤奋、坚持、信念、真理、妥协、善良、忠诚、反叛、奸恶以及人性，足够多了。

是的，生活是有趣的，历史是精彩的。打开书籍的那扇窗吧，你会看到更加辽远的历史天空。

上智阳明

王守仁，字伯安，别号阳明。

成化八年，王守仁出生在浙江余姚。老话说，能成大事者必先"劳其筋骨，饿其体肤"，但王守仁却是一个例外。他们祖上是地主，后来他父亲王华还中了状元，官名显赫。但是他却不像其他人所想的那样，只图父亲给予的蜜罐温床，他有着更大的报效祖国的志向。他十五岁时便已想请兵讨平鞑靼，每个人都认为这无非是一个孩子的玩笑话罢了，他的父亲更是怒不可遏，但他本人并不因请求未成而十分伤感，他又有了新的伟大的目标——做一个为世人所敬仰的圣贤！

他不听父亲的劝告，一心一意地向着真理挺进。他驾着圣人朱熹创造的"格物穷理"的小船，今天格一物，明日又格一物，乐此不废。但哲学总归是消遣，又不能当饭吃，他决定先去考试做官。可临时抱佛脚，像他这样，怎么可能一举而中呢？他直到三十岁出头才考中了二甲进士，做了一个六品小官，与当年的"神童"——杨廷和先生相比，可差得太远了。并且，他非但没有"晚成大事"，还因直言进谏，被贬为贵州龙场驿驿丞，也就相当于现在的招待所所长。他的这一生，基本上是无力扭转局面了。

但他没有接受"放弃"的"援助"，毅然来到了蛮荒之地——龙场。他教育这里的苗人，为他们做了许多实事，取得了信任；他招安流窜到这里的不稳定因素，使这些人融入正常人的生活中去；与此同时，他仍然在专心致志地格物，穷理悟道，努力地钻研哲学。从表面上看，他似乎过着平常的生活，显得神采奕奕。但他的内心其实早已疲惫不堪。他实在想不通，为什么自己苦苦追寻了将近二十年却徒劳无功？为什么自己上书直言就落入了深渊？"老天，你曾经给了我想要的一切，现在为什么又要一样一样地拿走？""存天理，去人欲！"天理，人欲！理，欲！欲在心中，理在何处？王守仁在这寂静的龙场驿，发出声声伤心的疑问。

忽然，一声大笑划破苍穹，声震寰宇，响遏行云。王守仁在他人生中最为痛苦的那一瞬间，找到了那个神秘的答案。

随心而行，随意而动，此乃圣贤之道。

理，就在心中。

存天理？去人欲？

天理即人欲。

此时，中华文明史上一门伟大的哲学学派——心学，就此诞生。这门哲学近乎影响了整个大明王朝的走向，对于明代及后世的官员、师爷、文人、政治家等来说极为重要。后来的两位天才政治家徐阶、张居正正是受到心学的点拨，才能以一己之力拯救朝廷于水深火热之中。

所有的史书几乎都用这样两个字来形容那一瞬间——顿悟。这段传奇的经历，为世人传颂，史称"龙场悟道"。

在此之后，他终于走出了小小的龙场，走向更大的天地。他平定叛乱，剿除恶匪，肃清朝廷，游历讲学，作诗著文。他的名气越来越大，还传到了国外，他被后人膜拜、景仰，树立为榜样。

王阳明终于实现梦想，成为一位圣贤。在此之后，他依旧恪守原则，一生为官清正廉洁。他四处游走，只是为了讲授圣贤之道；他奋力杀敌，只是为了马刀下哭泣的冤魂与芸芸众生。他被后人称之为"四家"——伟大的哲学家、军事家、政治家、文学家。这四个名号，他当之无愧。

王阳明，你的名字将与孔子、老子、墨子等人并列，光芒万丈，永垂不朽！

铭记创伤，尚正前行

1997年7月1日，是举国欢庆的日子，因为我们祖国南方的一颗明珠——香港，终于回到祖国母亲的怀抱。

在这最后一分钟里，我似乎看到了全国人民喜悦相拥，泪落如珠；看到了毛主席在九泉之下的笑容；看到了香港大地上的第一朵紫荆开放。数亿中国人都被激起了那蕴含在血液里的民族气魄、那华夏子孙骨子里的爱国情怀！

当读到"虎门上空的最后一缕硝烟，在百年后的最后一分钟，终于散尽"时，我感慨万千。是啊，在清政府的腐败统治之下，在无数人想苟且偷生之时，竟还有这样的爱国大臣，不畏惧列强，毅然焚烧那些危害人民健康的东西，真了不起！

我还想到了南京大屠杀。日军真是罪大恶极，抢走我们的文物，掠夺我们的土地，还对我们人民实行"三光"政策，甚至把我们中国人当小白鼠，做细菌实验。这惨绝人寰的屠杀，使数十万人死亡。

我又想到了前段时间看的《辉煌中国》的纪录片，其中介绍了中国近五年来取得的科技成就与发展进步。比如，中国的高铁让世界瞩目，成为"城际飞鸟族"的极佳选择；中国的"移动支付"让全世界人民羡慕不已，方便快捷；中国的华为手机被全世界许多人使用，受益无穷……

"忘记历史就等于背叛！"虽然中国现已跻身世界强国之列，但我们不能忘记曾经的噩梦，铭记创伤，尚正前行！

磨砺

"宝剑锋从磨砺出，梅花香自苦寒来。"相信大家一定都听过这句名言吧！它也如一条锦囊妙计，帮助和启迪着我。

暑假里，妈妈给我报了游泳培训班。一开始，我觉得还挺有趣，换气、憋气、漂浮，慢慢练习着。

很快，轻松的第一阶段结束了，我们开始练习蹬腿和手上动作，不停地在水中使劲挥来蹬去，水花四溅。

回到家中，一下子瘫在沙发上，我感到十分疲劳。身体软绵绵的，四肢无力，连握笔写字的力气也没有了。我几乎丧失了所有信心与力量。

晚上，坐在书桌旁翻阅书籍，我偶然看到"宝剑锋从磨砺出，梅花香自苦寒来"，这句话激起了我的斗志。是啊，宝剑要在磨砺后才能"锋芒毕露"；梅花在风欺雪压之下方可透出缕缕幽芳；万物皆要经历磨砺才能获得成功，何况我学习游泳呢？

第二天，我怀着坚定的信念，开始了训练。我先游了一小段，感觉还不错。游到了池中央，我有些力不从心了。潜水镜下幽蓝的水使人感到昏厥，我有些体力不支。就在我想呼喊教练的前几秒，这句话又从我脑海里闪过。顿时，我感觉有一股力量充盈我的全身，像发动机一样驱使着我前进。3米、2米、1

米，我终于游到了对岸！望着清亮的池水，我心里有着说不出的激动与喜悦。

"宝剑锋从磨砺出，梅花香自苦寒来。"这是我的信念，也是我对人生的看法。其实，磨砺是对自己身心的一种锻炼，坚强的意志由此而生。

磨砺，永远是我漫漫人生路上一笔宝贵的财富。

我喜爱的小动物

　　它乖巧、机敏，讨人喜欢。炯炯有神的眼睛，像两颗玻璃珠似的嵌在清秀的脸庞上。长长的胡须就是它的尺子，短鞭般的尾巴在空中挥舞。它，就是猫。

　　作为一名称职的老鼠消灭员，必须精力充沛，全力以赴。白天，它养精蓄锐，一到晚上，霸气就震慑全场。只见它威风凛凛地走过各处，器宇轩昂，俨然一位手握十万精兵的大将军，就差披风和墨镜了。发现了敌人的根据地后，"大将军"开始大显身手了，它用那长长的尺子量了量鼠洞洞口，眨眼间，那锋利的爪子已经把一只吱吱叫的老鼠叼进口中，快速走到一旁，扫视四周，没有了敌军，消灭掉老鼠它才打道回府。

　　做老鼠消灭员只是闲余小事，做一个高贵的王才是正事。骄傲地巡视属于它的国度，是它的生活日常。而我们人类只是它忠厚的"仆人"，为它服务。而这王也不那么好伺候，有时还搞个"凌空翻跳""一飞冲天"，弄得我们这些仆人无可奈何。

　　在母爱泛滥之下，我家猫要一次哺育三五个小猫崽子，可得花费精力。带它们吃食、散步、练习跳跃，以及给它们一个永远温暖的依靠。在母爱的"包袱"下，它不辞辛苦，任劳任怨，温驯和善。

　　称职、高雅、极具母爱，这是我对我家猫的赞美之词。我喜欢我的小猫。

献给我的妈妈

亲爱的妈妈：

您好！

今天是三八妇女节，您应该快乐地度过这个节日，首先祝您节日快乐！

一个人一生最温馨舒适的房间便是妈妈的肚子，当我一出生，妈妈便把这美丽的世界作为礼物送给了我！

眼前闪过的是妈妈忙碌的身影，耳边飘过的是妈妈暖暖的叮咛，躺也是躺在妈妈舒适的怀抱里……妈妈永远是最好的！

成功时，有人赞扬和提醒；失败时，有人安慰和鼓励；疲惫时，有人逗你；寂寞时，有人陪你。而这个人，就是我们的妈妈！她是我们坚强的后盾，是我们坚固的保护伞，也是我们永远的歇脚石。

妈妈，感谢有您，伴我同行。感谢您，教育我，鼓励我。当我在学习上出现错误时，您会严厉指出并批评；当我阅读时，您会叫我不要走马观花；当我撒谎时，您会告诫我要用诚信来立足，并施以教训让我牢记……这些都是您给我的多彩生活里的一部分。

妈妈，您给了我一片汪洋，我现在却只能把我的爱凝成一滴水回馈您。它渺小，却很纯洁，它能映出母爱圣洁的光辉！

妈妈，我爱你！

祝

节日快乐

身体健康

儿子：周语墨（敬上）

2018年3月8日

老爸，我的大树

我的爸爸十分百变，一会儿正儿八经，一会儿幽默风趣，一会儿又严肃到简直令人好笑。但我要感谢这个百变老爸，不仅将我带到了这个世界，还给了我多彩的生活。

一次，我和爸爸去沃尔玛闲逛。我兴奋得不得了，在超市里撒开脚丫子乱跑，也没注意到前面的地板很滑。忽然一不小心，我的额头撞在一个书柜的尖利的角上，顿时血流如注。我只顾着哭，爸爸在旁不停地忙东忙西。他先找来医药箱，给我贴上创可贴；然后抱起我跑出超市，拦下一辆出租车；还在车上给医院打电话联系一个认识的叔叔给我缝针；最后到医院缝好伤口，又把我带回家休息……看着爸爸头上滚动着晶莹的汗珠，听着爸爸“呼哧呼哧”地喘着粗气，闻着爸爸熬得香喷喷的鲫鱼汤，我暗自庆幸：还好我有个遇事沉着冷静的爸爸，若是妈妈遇上这事，可能会急得泪如雨下吧！多亏爸爸，把我从鬼门关拉了回来。

有时我犯了错，妈妈大发雷霆，教训声不绝于耳，爸爸就在一旁偷笑。此时，我觉得他哪像个几十岁的大男人，分明就是个幸灾乐祸的小孩儿嘛！待“风浪”过后，他又来逗我笑。一噘嘴，二怪笑，三眯眼，四装哭，这就是他的“逗人四招”。我每次都竭力忍住，可总是败于他那噘得老高的小嘴。

谢谢爸爸，让我的生活中有这么多笑点。

我妈妈的厨艺一般，爸爸可就厉害多了。瞧他，动作十分潇洒：倒油，手一挥，不多不少正合适；翻炒，不把你呛出眼泪不罢休；他颠勺，火焰直蹿三尺高，吓死人了；煮面，小心翼翼地抖落几粒盐，撒几点芝麻，加醋、糖、红油少许，但都恰到好处。一碗面，青红相间，简直就是一件艺术品！好一个大厨风范。谢谢爸爸，让我每天都能吃到"高级食品"。

爸爸，您是一棵树，我是树下的幼苗，您为我遮风挡雨，让我茁壮成长；爸爸，您是一棵树，我是树上的果实，您为我提供营养，让我饱满甘甜；爸爸，您是一棵树，我是枝头的鸟儿，你给我温暖家园，让我幸福安乐！我爱你，老爸！

秋迹（一）

梧桐叶开始落了，桂花泛起一层淡淡的橘色，天气也渐渐转凉了，秋姑娘长裙曳地，身影翩然地来到人间。她跷起美丽的兰花指，四处播撒秋的气息，点落了万树枝头，留下一片或凄美或清丽的风景。

秋风沉沉，吹过大地，带着些许哀怨，弹奏着曲曲骊歌。风拂过树顶，叶子便像得到指令似的，纷纷飞落，在空中画着弧线，跳着优美的圆舞曲，落入泥土中，"化作春泥更护花"。小草也垂了腰，告别了翠绿，但土壤里的根须并未消失，它们已经在绘制春的蓝图，为了能在来年的春天再次迸现出生命的火花。

秋风不仅吹黄了叶与草，也吹倦了花。瞧，昔日那牡丹是多么高贵、典雅，如今却耷拉着枯黄的花瓣静待寒风的洗礼；那荷花曾多么美丽无瑕，现在也无奈于这凉风的折磨，静待"菡萏香销翠叶残"；还有那么多的花儿都经不起秋风的洗礼……

虽然多数生灵在此时凋零，可仍有美丽的灵魂在此刻惊艳四方，就是那菊与桂。它们不盛开于春天的温暖之中，不绽放在夏日的艳阳之下，却对这幽美的秋情有独钟。那傲放的菊、那飘扬的桂，无不展示出秋的魅力。我喜欢的花，就是菊花、桂花、蜡梅。我喜欢它们的美丽，喜欢它们的勇敢，还喜欢它们的与众不同！

　　秋，是数物之终时。可是，她也有很丰富的情思。她会让游子开始思乡，正所谓"何处合成愁，离人心上秋"。她也会让农民伯伯脸上露出平和的微笑，稻谷香里说丰年。她怀着各种情感，陪伴着我们行走在人生路上，走过秋，度过冬，就到了美好的春……

秋迹（二）

　　当鸣蝉收起最后一丝焦躁，当荷花落下最后一瓣粉红，当青蛙敛起最后一声歌唱，秋便娉娉婷婷地走来了。

　　沿着蜿蜒的滨江路，走着走着。拾一朵落花，捧在手中，嗅着芬芳，感受夏日的余温；捡一片黄叶，细数其精致的纹理，体会岁月逝去的伤悲；掬一捧清水，让它们漏过指缝，指尖流淌着一股清凉。

　　眺望对岸，山尖的松柏越发青黑，山坡上的枫林如火在燃烧，山脚的银杏撒下一地金黄。连绵起伏的山峦，像巨龙盘在江边，向远方延伸，渐渐淡去……

　　在古城中漫步，踏着古朴的青石板路，看两旁的小贩张罗着生意。行人们三三两两地散行于各处。我凑近一家水果铺，看那秋天的果子：苹果羞红了脸，香蕉好似镰刀，雪梨白白胖胖，黄桃满面堆笑。风儿一吹，又有几片枯叶飞到地上，有的平铺着，有的叠成两层，有的蜷成海螺状——那里面应该藏着落叶的秘密吧！

　　夜幕降临，绵绵的秋雨飘了起来。在灯光的照射下，依稀看得见芝麻大小的雨点，它们凌乱地向四周飞去，飘在脸上，凉凉的。昏黄的灯光下，不知谁家的狗向萦绕在路灯旁的无名小虫吠叫起来，不时有骑车人掠过，留下一串长长的喇叭声——

　　一年好景君须记，正是橙黄橘绿时。

屋顶上的花园

城市里，嘈杂的喧闹声与漫天灰雾似乎是永远的主题。你已经多久没有呼吸过清新鲜甜的空气，多久没有嗅到过泥土的芬芳？

我们家是幸运的。在我们这栋大楼旁，有一栋矮墩墩的"小老弟"。矮楼的顶楼住着和睦的一家，房主也许厌倦了单调无味的城市生活，也许是渴望大自然的清新气息，竟在楼顶宽阔的场地上种满了花草树木，还养了几只小动物。每次望向窗外的"空中花园"，我总会感到不可思议。在喧嚣无比的城市中，竟还有这样一角宁静之地。当眼神游离于窗外时，映入眼帘的总会是那自然的滋润人心的美丽。

静立窗边，那花与树的"华尔兹"真让人陶醉。清风徐来，艳阳抛光，春天更是让这座奇妙的花园焕然一新。迎春花一展舞姿，摇曳着，歌唱着；鸡冠花昂首挺立，中间点缀着些许嫩芽；栀子树应节而动，莺燕随乐而歌；桃花娇娇艳艳，还有阳光、风、云、雨接续上场，为这愉快的联欢会启幕、伴奏，这一刻的楼顶是大自然的舞台。

空中的欢乐丛林，泥土自然是当之无愧的主角。小楼主人以砖块砌成花坛，用瓷盆做花盆，装满泥土，也就装入了植物所需的营养。这美丽的"空中花园"，正是因为有了泥土才变得更加动人。

我们生活在科学技术日新月异的时代，在居住地渐渐高于地面的同时，土地已远离了它的子民。我们踏在水泥路上，有多久脚未沾"泥"了？

再望一眼矮楼屋顶的"空中花园"，那份美丽仍震慑人心。

绿藤的梦

春回大地，万物复苏。冬日里的寂寞已无处可寻，美丽的世界又热闹了起来——树苗摇晃身子，跳着踢踏舞；紫红的牵牛花，吹起快乐的小喇叭；一群淘气的云雀在空中表演杂技，为这盛大的舞会助兴。我，一株翠绿的小藤萝，在鸟儿的歌唱声中也醒了过来。

在这个生命力旺盛的季节，我很快乐。这些时候，我可以尽情地享受春风，沐浴春光，一切平静又可爱。

一群人来到我的身下，他们十分兴奋地望着我的头顶："哇，那丛牵牛花太美丽了！是仙女的礼物吗？"我顺着他们的目光向上望去，果然，我那美丽的朋友正在风中展示她的优雅身姿呢。一朵朵可爱的小喇叭吹奏出大自然的音乐，粉红的花瓣、金黄的花蕊、细长匀称的茎条，都沐浴着艳阳，闪烁着金光。她的一切都是那么美丽动人，独一无二。她自信地绽放着，人们都用最精美的语言赞美她。

"要是我也能像她一样开出美丽的花儿就好了，真是那样的话，人们也就会赞赏我的花儿啦。"我暗暗下了决心，从此以后，我努力地汲取养分，深深地扎根。

一天又一天，一周又一周，一月又一月，直到我的绿叶枯黄，直到枯叶落下，直到落叶成灰，花依然没有出现。也许，我只能在冬天做一做花的梦了。

冰雪消融，大地又迎来了久违的柳绿桃红、莺歌燕舞。我开始再次汲取养分，深深扎根，直到那一天——我的身下来了一群小朋友。他们跑来跑去，其中一个男孩指着我说："看啊，这些绿叶多美啊！"我这才看向自己：长长垂下的藤蔓，如同一条碧绿的缎带；翠色欲滴的叶子，潇洒地三五成群，这儿一团，那儿一簇。忽地，绿叶变成了奇妙无比的琴弦，春风是轻捷的手指，拨动琴弦，奏出大自然的音韵。"沙沙，啦啦。"孩子们惊喜地望着我，都入了迷，一会儿，又发出银铃般的笑声。

我终于释然了，原来，我并不需要美丽的花，也不用刻意模仿别人，我自己就是最美的风景。

以心灵温暖心灵

初晓，晨风拂动窗边的书本，一字一句读着漫长的故事。泛黄的纸张微卷，封皮的淡紫色依然清丽，脑海中的一幕幕逐渐清晰。

初秋，小小的我慢慢地走进偌大的校园，我紧紧攥着妈妈的手，东躲西藏。"你好，这位家长，请往这边来。"一袭黑色长裙飘然进入视野，我从妈妈身后探出半个头，好奇地打量着我的老师。她已不算年轻，可是她和蔼的面容与温柔的话音，透出一种独特的气质。"小朋友，以后就叫我宋老师咯！"她轻拍我的头，把我带到一群孩子中间。

隆冬的寒意砭人肌骨，可教室里却温暖宜人。懵懵懂懂的几个小男孩在课堂上你来我往，龙争虎斗。"嘿，看招！"我将手臂向下一沉，旋即潇洒一挥，手里的纸团应声砸中了小琦的后脑勺。我像公鸡斗胜，正沾沾自喜地准备下一波攻势，就迎上了宋老师微笑的脸。我自觉不对劲，"蹭"地站起来，霎时涨红了脸，眼角泪花翻滚。"好了，忍住。"宋老师捧起我的脸，抹去那不争气的眼泪，"你该学会自制了。你看，你当上班长，是光顾着玩儿的吗？同学们都看着你，向你学哦。你更应该好好做。"微笑从那双眼睛里自然地流淌出来，把我全身裹在透明的温暖中，应和着教室里如春的气息。

不知不觉我长大了，文字与艺术的魅力逐渐丰盈脑海。这天，宋老师没拿课本，只抱着本厚厚的旧书。上课铃响，黑板上也少了那刚劲的字迹，只听闻一阵阵读书声，琅琅铿锵，树也静，风也止。这阵阵我们无比熟悉的声音，此时仿佛接通了心灵的电路，构成舒缓流畅的曲调，一个个字融入我们心中。我似乎进入了爱丽丝的仙境，对那奇景叹为观止；又好像转到了庄生梦里的蝴蝶翼上，看蝶落花间，流连忘返。

"这就是文学的魅力。"意境消失，读书声戛然而止，我又回到了课堂。"这之中的每一个字你们都熟悉，但排列起来，就产生了一种强大的力量，给人以振奋，抑或温暖。总的来说，那是有心人的心灵。"她笑得很满足，好像圆了个很大的梦一样，扫视一下每个人陶醉的神情，踩着下课铃声，走了。

"同学们，仔细读这一部分。小作者运用了大量新奇的比喻，将一棵平凡的树写活了，对不对？大家今后要向周同学学习哦。好，下课，你来我办公室拿本子。"当我跟着宋老师离开教室时，拽走了大片艳羡的目光。我轻飘飘地踏入办公室，拿到的不止一个小本子。

"你这篇作文挺好。"她正色说道，"语意流畅自然，层次分明又紧密，遣词造句斟酌有度，很值得肯定。"我望着她深邃的目光，就将疑惑表露了出来："老师，为什么不说语言优美呢？"

"你再想，文章里哪些字有新意，哪些字用得真？一味地重叠堆砌，难道就是佳作了？"

"可是，您说过要积累、模仿名家金句的啊？我整合一下加以运用，不行吗？"

她轻咳一下，将手扶在我肩上，严肃地说："孩子，记住，他人的文章只算照片，真正的生活要自己用眼睛去观察，用笔去度量。你的文章，就是你自己的心。"她恢复了亲切的微笑，将本子放在我手里。回家后，在灯下，我发现每篇文章的末尾都有一大片一大片的红字，我呆住了。

想来，那时的我们多么迟钝啊，竟未发现她日渐憔悴。连换了几位老师后，我们仍一心期待她回来。甚至最后毕业时，去看望羸弱的老师，她还叮嘱我身为班长要照顾好这一大班同学。谁承想，那颗唤醒并温暖过我的心，竟在盛夏一别后，猝然止住跳动。我这才知道，离别不只在长亭古道，也可能是在某个深夜，有一个人的微笑，永远留在了昨天。

泪珠滴到书上，她却不能再替我擦去了。合上书，嘴角没能上扬。

老师啊，您看得到的，我的这颗心，有着您的温度。您一定看见了，对吧？

树木的心

　　漫步古城，我注意到一棵青葱的树。它扎根于几块铺地的青石板之间，壮实的树干将坚硬的石板撑开几道裂痕。每一片青绿的叶都如同在风中飘摇的旗帜，每一根树枝都犹如战士手中的钢枪。忽然发现枯叶似乎都倒向一边，转向另一侧，我不禁讶异，一个书本大小的洞赫然出现在树干上，里面传出声声虫鸣。仰望树顶，它的叶仍泛着绿光，它依旧有力地挺立着，像个饱经风霜的老兵。

　　它没能生于人家的苗圃，自然受不到别人的照顾；它无缘长在清幽的森林，当然也没有啄木鸟来光顾；它只是一粒被遗落在僻静小巷的种子，连环卫工人都没能注意到它。它艰难地发芽、生长，却又被害虫蛀空树干。但显眼的大洞并没有使它枯萎死亡，它努力在夹缝里深深扎根，汲取养分，最终长成挺拔的大树。那曾经的伤疤已经淡去，它已经与其他树木一样，撑起了一片绿荫。

　　夹缝之中，根深且固；蓝天之下，叶茂枝繁。洞在那里，但在这千疮百孔的外表下，是一颗永不枯萎的心。

纸上兵

钟响，墨浸，纸染，神凝。沙沙有致，嗞嗞成律。秋风相和，叶隙微动。一场计时两小时的考核开始。

汗液裹满手心，逐渐沾到笔杆。笔尖在白色答题卡上扩张领土，左冲右突，仿若杨家将横扫千军。一页纸满，挥袖翻页，迎上方格军营。密密麻麻的横纵线条让人昏厥，不屑地望着我这个不速之客。黑压压的文字题目一大片，仿佛真的"黑云压城城欲摧"。握着笔，思维堵塞，一时竟不知从何写起。

时间如沙漏般一点一点渗进我忐忑不安的心房。忽地，平日里那个伟岸的身影出现在我脑海，一寸一寸填补脑中的空白。停止在稿纸上的写写画画，即刻开笔，分秒必争不可。电子钟的数字轻蔑地跳动着，好像嘲讽我的不自量力。

笔管中的墨突然短了下去，我心陡地一颤，哆哆嗦嗦吓得不轻。小心翼翼继续往下写，紧绷着神经。

风止，笔停。拍拍胸脯，吻吻笔帽，以谢它的贡献，沉寂被又一次的钟声打破，人声终归鼎沸。

寒·三思

一

冬，夹着尾巴逃到了南方的土地上。

南方的冬天，是湿冷的。虽然不及北国的冰天雪地那般惊人，但这种寒冷却是彻骨，并且能够迅速侵占你的全身。

披上厚重外套，我决定走出门去，会会这个远道而来的客人。走到大街上，行人寥寥无几，全都裹紧了衣服，颔首匆匆踏过凝霜的地面。路旁摆摊的小贩们也缩着脖子，双手来回搓动，急切地盼望着顾客的光临。树的绿枝几乎被砍光了，或许是怕它们掉落叶子吧，不过，那光秃秃的枝干着实刺眼。

缓缓呼出一口气，已经能看见白雾了。先是形成一缕白烟，继而汇到一块聚成一颗白球，接着又迅速分散，融入冰冷的空气中。

北风正顽皮地戏弄着一个空易拉罐，发出清脆的响声——"叮咚，叮咚……"

二

我家楼层较高，从窗前正好能望见对面楼顶的花圃。读书写字累了的时候，我便来到窗边望望。

这天，风极大。窗玻璃哐哐作响，窗帘的裙边也被风儿撩起。我果断扔开笔，到窗前观望。此时已是初冬，绿叶红花大多飘落土中去"护花"了。忽然，我找到一株小花，小花突兀地立在枯叶中，有一种鹤立鸡群的高贵。她的枝条格外修长，花瓣的形状也很独特，像没有完全撑开的伞。

霎时，风又狞笑着走来了。各种植物都惊慌地掩着身子，我心中也为那小花捏一把汗。她微微地点了下头，枝条缓缓压低，一寸又一寸地把花朵送到与其他叶子平行的高度。风过了，她才直起身子，将花瓣舒展开。

花儿依然开着，她正期待着明天的阳光洒到身上。

三

寒冬，独自漫步街头。

走到距家门口不远处，我先是发现了丢在一旁的井盖，继而两位高大的维修管道工人的身影映入眼帘。此时已近冬至，可他们却只穿着单薄的蓝色工作服，脚上的帆布鞋也早已蒙上一层厚厚的灰尘。

只见其中一位先将脚探进井口，身子向前蹭了蹭，接着埋下头，两手撑在井边，小心翼翼地下到了井里。他的同伴在一旁不停地给他递着各种工具，还一直絮絮叨叨地叮嘱着什么。这时，他倏地抬起头，用手拉住同伴伸过来的胳膊，双腿吃力地蹬了几下，侧身回到了地面。他的后背、袖口上，都布满了水渍，也不知是汗水还是污水。

　　一阵风吹过，我忍不住打了个寒噤，迅速裹紧了衣服。那两位头冒热气的工人，迈着坚定的步伐，向下一个井盖走去……

把盏问清浊

日间偶然翻见一张图片，头发花白的余华老师在机场的雪地里独立，眼睛望着灰蒙蒙的天角，不知他的脑海里有什么难忘的画面闪过，但在读者看来，一人立于雪中就已是一首诗。

20世纪80年代，中国正在改革开放的征途上奔跑，也终于迎来了文化复兴的黎明。新诗大放异彩，先锋派横空出世，无数诗一样的名字写在了中国文学的汗青之上。正是在这鲜艳的文学百花丛里，绽出了名为余华的冷艳与深刻。

大多数读者了解余华，都是因为《活着》。时至今日，这部小说已然可以被称为当代小说的高峰。书中，老人福贵自述他困厄的一生，事事渗血，字字钻心。《活着》来自一个被上天玩弄的灵魂的故事，像一杯苦酒，辛烈地洗涤着读者的心灵。回头看自己生活的一地鸡毛，似乎陡然间读懂了何为"活着"，为何"活着"。这部书未杂糅太多余华式犀利的讥嘲，也没有摆弄高明的技巧，仅是浅笔勾勒出一人一牛，一字一字叙说着"活着"的故事。余华淋漓地表达了他对人之历世一遭的思考，与其说他解答了生死的困惑，不如说他否认了生死是一种困惑："活着"本身就只是为了"活着"。

如果说《活着》对生命的讨论过于深奥，那么《许三观卖血记》带来的感动足够亲民。生活在缺资少粮的年代，加上儿子的身世之谜，许三观却以一个成年人的理智和感情，体面地走过半生。终于，在余华的作品里真、善得到了回应，这何尝不是一种美丽、一份送给读者的欣愉？

再谈及《兄弟》——余华本人尤为钟爱的作品。在这本书中，余华的笔利如刀剑，眼神锐似鹰隼，泼墨诉讥讽于其中。上部，写兄弟二人童年，表现出凄惨；下部，兄弟二人分道背行，读得出荒唐。对"文革"的残暴、人民的麻木、金钱的污浊，余华极尽讥刺之功，又晕着黑色幽默的笔调，畅快自然，平实生动的字眼里，深刻地记录下时代的淤泥，静盼有朝一日，涤净那些肮脏的灵魂。

读书，自然更要"读人"。信息时代下，平易近人又幽默风趣的余华备受年轻群体爱戴。人们感叹于他精妙的才思，捧腹于他随口冒出的金句，喜爱他随和友善的个性，同时也敬重他独特的人格魅力。他鲜明的个人形象超越他笔下一切立体的人物形象而被世人铭记。替史铁生代签名于书上；在一群人欣喜地照相时落寞地呢喃"铁生不在了"；谦逊地称自己"不配"获得诺奖；对莫言的佳作，甚至不惜爆粗口称赞。他的样子是年轻人心目中作家该有的样子，没有架子、没有傲慢，有的只是对文学的一腔热血和对生命的独特见解。

闭上眼，脑中浮现的是余华那张经典的照片：他提着烟头，双眼微眯，眉头稍皱，有些佝偻着，一头花白的中长发欠些打理。这幅图画正是我们心中的余华，透出一股骨子里的文化气息和知识分子的自信气质，以及那份独属于他的时代情怀。

说"士"

　　象棋棋局中，"将"旁之"士"闪展腾挪，鞠躬尽瘁，舍身救主。历代汗青之上，铭刻着一个个奉献者的名字，他们亦被称为"士"，为各自的信念燃烧生命，不负光阴。

　　士，有洞彻时局的慧眼。察兴衰，见昌亡，举手顿足，议论天下之势。孔明于隆中，指点江山，神机妙算，扶落魄玄德能登帝位。千古诤臣魏征，眼观四海，深明大义，劝奢以俭，奠定盛唐之基。慧眼源于实才，源于博览，源于敏心。透过眼界，真正耀眼的是充实而富饶的心境。

　　士，有洁身自好的秉性。"居庙堂之高则忧其民，处江湖之远则忧其君。"在朝在野，得志失意，而本心不移。当权者，用权力兴利除弊，谏君爱民；布衣者，用心气正身黜恶，独守清正。浑浊的世俗里，屈原是孤独的，但他"九死其犹未悔"；沦亡的苦泪里，陆游是无助的，但他"位卑未敢忘忧国"；权奸的阴影下，身于编伍的周顺昌等五人是弱小的，但"激昂大义，蹈死不顾"，何人不拜服？

　　士，有报国救民的气节。"傲气不可有，傲骨不可无。"黎民之疾苦，国运之颓圮，牵动仁人心脉，激扬志士心潮。高官厚禄于前，文天祥蔼然不屑，向南昂首，身正而卒；家庭和睦孩子年幼之际，林觉民挥毫致意，血溅岗上，无憾而终。士者之愿，只求国无倾覆，民无饥苦，毕生热血，筑此丰碑。

因为有士，诸侯纷争的祸乱能被终止；因为有士，污吏奸佞的陋行能被整治；因为有士，太平得现，盛世方出。从古到今，时代新潮下的"士"，内涵更广义，表现更多元。有志不在年高，王晓阳尽心竭力为扶贫事业添砖加瓦；巾帼不让须眉，张桂梅助力山区女孩走向广袤人生。

秉前人烛火，立时代鳌头。岁月的车轮轮转于今，这一代"士"的名号将落于我辈青年之肩头。身须真才实学充盈，心须清正风度深植，骨须青云壮志支撑。为士，学贯中西，博采众长；为士，为民立命，为国献身；为士，胸怀星汉，济世救人。

"士不可以不弘毅，任重而道远。"读遍古之士人的生平才懂得，重于泰山的伟大来自漫长黑夜里的坚守，以天下为己任的担当铭记着跨越时代的不朽。

以"士"之名，践行己志，历史终会记得。

时间短章

我在岁月的河畔循水声奔走，踩着花屑和青苔，或是驾着扁舟。汩汩溪流婉转，蓦然驻足，郁香盈野，枫叶簌簌。

一

罕见地起了个大早，耳边充满了清灵的鸟鸣，迷蒙的眼里投进了稀散的晨光，一弯来自窗缝的光晕在白墙上游离，映着窗帘柔婉的影子。一年的春，一日之晨，今朝算是完备了。

我来到厨房，亲自动手煎蛋做早餐。蛋黄与蛋清在锅底轻轻地依偎着，从透明晶莹慢慢变得亮丽鲜明。"扑哧"，油珠不知被谁咬破，激起锅中热烈的交响曲，我才回过神关上灶火，完成了这份杰作。

从书柜里抓出一本诗集，兴味盎然地读着，眼前垒起青葱的丘峦，铺上或红或白的锦缎；一晃又是大江东去的滔天浪峰，水面上闪动着剑戈樯橹；终于飞到某条坦途，这是孟东野马疾兴逸，岑嘉州双袖龙钟。恍然，尽化作乌有。庄生一梦，而意味无穷。

望向钟表指针，过了许久，仍是清晨。心里像是偷得了半天光阴，一阵飘然快活。

二

上学、放学的路日复一日，似乎又总有些新奇。

这天，我看见电线上的一排麻雀，它们密密地站在电线上，从街道这侧向远处绵延。这时是早上，传来轻巧的几声啼叫。

既至黄昏，终于得见一幅恢宏的图景。千百只麻雀从各方涌来，羽翎扑闪，划过橙红的天空。相邻电线间空隙不小，远远一望，麻雀们似乎有通天的本领，逮住几缕晚霞，把自己藏匿在愈来愈深的酡红里，也不急着坠入温柔的梦乡，而是叽叽喳喳地议论起一天的行旅。

一片黑云不断壮大，几乎要阻断晚风的旅途。我想起"百鸟朝凤"的盛景——这里没有奇丽珍异的凤鸟，可众麻雀不约而至，且愈聚愈繁。我听见它们欣悦的交谈——那些瑰丽斑斓的音符。它们还互相拥抱示爱，倾吐心中的欢愉。它们仿佛在说它们也懂得人间的味道。

最终我加快了脚步，并且心中出奇地悠闲。

三

某个午后，阳光正诉说着她的柔情。偶有微风拨弄树梢，吻吻他的额头。坐在案前许久，我懒懒地抬起头，望见对面矗立的大楼。

对门那家的窗子忽地被打开，里面探出一个老太太的身子。她用手肘撑着窗沿，享受着午后阳光，一副惬意的样子。之后她好像想起什么，又转身离开窗边。

再回来时，她手里多了几个橘子。她把它们小心地摆在窗台上，拿起一个，又摆出刚才舒服的姿势。她的眼睛半眯起来，头微微上翘，手上却轻轻地拨弄着，一点一点抠下橘皮，把果肉分成娇小的几瓣，再慢慢悠悠地一个个送进嘴里。下一个，她埋下头，专门把橘皮撕出一个完整的形状，心满意足地摆在窗子外沿，又开始吃起来。她的银发跟随她的动作微微晃动，阳光下闪着明亮的光泽。她优雅地擦了擦手，又抿了抿嘴唇，对这份下午茶表达出满意之情。她咀嚼的时候，饶有兴致地望着楼下的行人，像个不谙世事的少女眺望着陌生的世界一样好奇。终于，她又记起下午的什么活动或工作，急急忙忙地退回到屋子里。

阳光依旧，照着那几个精致的橘皮。我看它们伏在窗沿，像几只春日里欲飞的蝴蝶。

时间列车一刻不停歇，随着光阴流转送走了匆匆过客，静静开往远方。纵然岁月无情，命运多变，你、我对这尘世，终究不舍；对这时光，颂之以歌。

剧场 （代后记）

一

天黑得直压下来
他心里急促地渴望空气
——猛然惊醒
耳畔只有自己喘息的声音

他想起早稻田温润的春风
想起回国途中颠簸的航船
想起张勋复辟军旅的喊杀
想起那位等着孩子回家的母亲

他在狭小的空间来回
捶墙拍案偃仰啸吟
须发落了一地，躺在
散在脚边的黑白的手稿上
不甚鲜明

"青岛不能丢！"

人潮汹涌，纸卷漫天翻飞
他用尽毕生气力压住鼎沸的人声
——数日后，绞索前
谈笑从容，云淡风轻

守常啊
"以吾人之青春，
柔化地球之白首！"

二

一手撑在牌子上
他伫立教育部前
西风吹动深青色的长袍
划过尚未泛白的一字胡须

"寻药之人是谁？"
"我，我们！"

揉碎的月光洒在墨水里
与满屋灰黄的灯色相和
他伏在地上，手握
承载了五千年重量的笔杆
微微发颤

身旁，一页页白纸黑字
写满了封建礼教的陈滥腐旧
写尽了志士仁人的悲愤激流
那双黑亮的眸子，凌锐地射向
腐朽荒败的旧中国
誓要剥其皮肉，医其内伤

洋洒数千字之末
"鲁迅"二字，力透纸背
未干的墨痕在清光下
熠熠生辉

豫才啊
"此后如若没有炬火，
我便是那唯一的光！"

三

红烛在窗边流泪
他的影子摇曳不止
他攥着拳，紧锁着眉，严闭着唇
愤慨的火焰在瞳神里燃烧

翌日，破晓
披着晨光走向会堂

众目见之，他的眼
红得像烛

振奋的双臂敲着鼓点
他一直昂着高贵头颅
他呼唤，他嘶吼，他咆哮
愤怒的火舌舔舐他的咽喉
他的语言不再是诗，只剩
无边无际澎湃迸涌的力
他忘了自己是位诗人
他只记得自己是个战士
——和公仆一样的战士

"我们随时准备像李先生一样，
前脚跨出大门，
后脚就不准备再跨进大门！"

掌声雷动，他只身
离开了人群
穿巷度陌，步履匆匆，他知道
还有太多未竟之功

正当他独自步入黑暗深处
穿过的子弹带走了温度
那单薄高大的身影轰然倒塌

鲜红的血，浸入青石板路

但他仍然，高昂头颅
像一株永远向阳的树

闻先生啊
"莫问收获，
但问耕耘！"

四

我是春天里虬曲向上的树枝
是所有青春绿色的总和
我是浪潮中激进迸涌的白沫
是茫茫大海奔放的律吕
我是巨幅画作上蜿蜒的线条
是肆意挥洒奔走的墨滴
我是钢琴家指间起伏的琴键
是交响曲天马行空的轻灵乐音
我是一轮照耀千古的太阳
我的光来自无数生命的聚合
我是这片土地上簇新的希望

青春啊，这永恒的剧场
上演着

沧浪滚滚
繁星璀璨
春暖花开

青春啊
时间的隧道里，穿行
在骨笛的孔洞之间
——遥远的颂歌奏响
我们穿上理想的盛装
青春不怕张扬
勇敢畅想就是无限锋芒
热情的聚光灯吐出明亮的锦帛
心湖的天鹅飞起
我们啊
正在这舞台中央